KB096990

월요일의
문장들

월요일의
문장들

조안나 지음

커 피 보 다

강 력 한

출 근 길

소 울 메 이 트

지금이책

당신의 월요일은
안녕하신가요?

지상 낙원까지는 아니지만, 지금 나는 더 이상 필요한 것이 없다고 할 정도로 과분한 작업 환경에서 책을 읽고 글을 쓰고 있다. 새소리와 스쿨버스 지나가는 소리, 아파트 직원이 담장을 고치는 소리만 들리는 이곳에선 아무도 나를 찾지 않고, 아무도 찾아올 이가 없으며, 아무도 나에게 제 시간에 무얼 하라고 강요하지 않는다. 아이폰의 알람시계는 여행갈 때 빼곤 항상 off 상태이다. 나는 완벽히 '자유롭다'. 특히 남편이 연구실에 출근하고 나 혼자 가볍게 점심을 챙겨먹은 후, 커피 한 잔, 애플뮤직과 함께 하는 이 오후 2시의 기적을 오랫동안 붙잡고 싶다.

피부걸은 몰라보게 좋아졌고, 아파서 반나절을 침대에 누워 보내는 일도 없어졌다. 그럼 서울에서 7년이 넘는 직장생활동안 무엇이 문제였을까, 무엇이 나를 그렇게 짓눌렀을까, 무엇이 나를 월요일마다 무기력하게 만들었던 걸까. 일찍 일어나야 한다는 부담감, 매일 다른 옷을 입고 출근하고 싶다는 허세, 잡티하나 들키고 싶지 않다는 욕심, 다른 사람에게 인정받고 싶다는 기대…. 이런 것들은 어쩌면 건전한 성실함에서 비롯된 필수품이었는지도 모른다. 출판사 편집부에서 3년의 사원, 4년의 대리로서의 생활은 엘리자베스 스트라우트의 표현을 빌리자면, "돈은 넉넉한 적이 없었고 늘 스타킹의 올이 풀린 기분이었다."

주말 내내 늦잠을 잔 덕분에 무너진 수면패턴으로 그 어느 때보다 기상 알람 소리는 짜증스럽게 들리고, 평소보다 일찍 나왔지만 지하철 안에는 더 많은 사람들이 가득 차 있는 월요일. 거듭할수록 지루한 회의가 즐비한 월요일마다 점심도 먹는 둥 마는 둥 죽을상을 하고 앉아있는 나를 보고 한 선배는 이렇게 말했다. "그렇게 싫으면, 회사 관두고 그냥 집에 있어."

백 퍼센트 맞는 말이라 반박은 하지 못했지만 나는 돈을 벌어야 할 이유가 백 가지나 되었기에 회사를 다녀야만 했다. 모든 문학소녀들이 꿈꾸는 소설가는 알다시피, 먼 훗날의 꿈으로 미뤄놓고 아홉 시부터 여섯 시까지 꼼짝없이 회사원으로 살아가는 일이 내게 고통만을 안겨준 것은 아니었다. '소비의 천국' 미국에 와서 옷 한 벌, 신발 한 켤레 사지 않고도 아쉽지 않을 만큼 많은 옷과 신발을 가질 수 있게 해주었고, 책도 집 안이 가득 찰 정도로 많이 살 수 있었고, 과분하게 좋은 책도 편집할 수 있었으며 마음을 터놓을 수 있는 동료도 몇 명 남겼다. 결정적으로, 기억하고 싶은 많은 문장들을 발견할 수 있었다.

> "겨울날 아직 어둠이 가시지 않은 이른 아침에, 또는 봄이 되어 동틀 무렵에, 또는 한여름을 가르며 약국으로 운전해올 때 그를 소박한 충만함으로 채워준 것은 일에서 느끼는 작은 기쁨들이었다."_엘리자베스 스트라우트《올리브 키터리지》중에서

이 책의 기록들은 매일 다른 가방을 들고 나가는 심정으로 매일 새롭게 읽었던 책에서 발견했던 '꾸준함'과 '인내'에 대한 예찬론들이다. 전자책을 읽기 시작하면서 팔도 제대로 펼 수 없는 출근길 지하철에서도 악착같이 책을 읽을 수 있었다. 무엇이라도 읽지 않으면 그 숨막힘을 견딜 수 없었기에, 시공간

을 초월하고 싶은 마음에 《고래》,《마션》,《왕좌의 게임》과 같은 책도 탐독했다. 짧았지만, 꽤 길게 느껴지는 4개월간의 파주로의 한 시간 반이 조금 넘는 출근길에도 책은 최고의 러닝 메이트running mate였다. 이 문장들이 없었다면, 지금 누리는 이 조용한 행복의 반의반도 만족하지 못했을 것이다.

이미 가진 것에 대한 만족, 매일 반복되는 일상의 소중함, 힘겹게 버텼던 시간의 단단함이 글 속에 그대로 드러날 수 있도록 최대한 힘을 빼고 적어보았다. 일을 하면서 우리는 사실 많은 근심걱정을 잊을 수 있다. 비록 전날 마신 술에 몸이 천근만근이고(집에서 나오는 순간 다시 들어가고 싶다…), 출근 지하철에서 생전처음 보는 사람과 어깨를 부딪치며 서로를 향해 날선 시선만을 주고받아(아, 5분만 일찍 나올 걸 후회하지만 이미 늦었다…) 일을 시작하기도 전에 지쳐버린 당신일지라도 일단 일에 몰입하다보면 몸은 자연스럽게 가벼워질 것이다. 이 책이 아침에 마시는 커피처럼 기분 좋은 아침 의식ritual이 되길 바란다. 나의 절망은 곧 당신들의 절망과 만나 또 다른 희망이 될 것이 분명하기에.

contents

월요일의 문장들.

Monday's sentences

01

오늘,
또
월요일

나는 왜
행복하게
일하지
못하는가?

《커피, 만인을 위한 철학》
스콧 F. 파커, 마이클 W. 오스틴, 따비, 2015

나는 이 자리를 조심스럽게 골랐다. 창문에 너무 가까운 자리는 피했다. 카페 안의 손님들을 찬찬히 살펴보고 싶어서였다. 나처럼 일을 잠시 미뤄둔 사람, 일할 필요가 없는 사람, 일하기 싫어하는 사람, 억지로 일하는 사람, 직장에서 은퇴한 사람. (…) 그러나 카페 안 사람들의 내면까지 속속들이 살펴볼 수는 없는 노릇이라. 그들의 얼굴에 스쳐 지나가는 표정을 정확하게 이해할 수는 없다. 이것은 아무튼 카페에서 월요일 오후를 보내는 즐거움 가운데 하나다.

커피. 만인의 연인이자, 동료이자, 선생인 이 검은 물은 스스로 철학을 만들어내는 경지에 이르렀다. 나도 이 커피의 도움을 받지 않고는 도저히 일을 시작조차 할 수 없다. 와인이나 차의 세계도 심오하지만, 커피는 누구나 쉽게 접근할 수 있어 더욱 많은 이야기가 나올 수 있는 소재다. 시내에 넘쳐나는 카페들을 보면 정말 우리가 '커피공화국'에 살고 있다 해도 과언이 아니다. 그만큼 조심스럽게 다뤄야 하는 분야이기도 하다. 이 책은 커피와 형이상학, 커피의 문화, 미학, 윤리학을 실력 있는

저자들이 고리타분하지 않게 다루는 숨은 명작이다.

여기 들어와 앉은 지 벌써 10분이 넘게 지났는데 커피에는 손도 안 댔다. 잠시 숨을 돌리고 한 모금 마신다. 아까 말했듯이 커피를 마시는 데 걸리는 최소 시간은 30분이다. 첫 10분간은 커피가 마시기 가장 좋은 온도로 식을 때까지 기다리고, 그다음 10분간은 빈 잔을 응시하면서 머릿속을 스쳐 지나가는 막연한 실존적 문제들을 생각하며 노닥거리거나, 이 안식처를 떠나 또다시 일상으로 돌아가야 한다는 생각에 내리 깊은 한숨을 쉰다. 하지만 카페에 머무를 수 있는 최대 시간 따위는 없다. (…) 상황에 따라 머무르는 시간은 달라질 수 있다. 커피를 아는 사람이라면 누구나 이것을 이해할 것이다. 나는 강의하러 버스를 타러 갈 때까지 보통 적어도 두 시간은 머무른다. 길게는 세 시간까지도 있는다. 시간 여유가 충분하기 때문이다.

항상 시간에 쫓겨 사는 '평일의' 우리는 이들처럼 오랫동안 카

페에서 커피를 즐길 여유는 없다. 책 속 한 폭의 그림 같은 풍
경에 만족할 수밖에. 이 책의 여러 철학자들은 한결같이 철학
적 사색을 위해 커피가 아주 훌륭한 동반자라고 생각한다. 그
리고 모두가 커피를 끔찍이 사랑한다. 아마도 커피 속에 들어
있는 카페인 성분과 커피를 둘러싼 차분하면서 지적인 분위기
때문이리라.

우리는 왜 행복하게 일하지 못하는가. 불행한 일들은 계속 쏟
아지는데 진지하게 생각할 시간도 기회도 자신에게 주지 않고
있기 때문이다. 머릿속에 정리해야할 것투성이지만, 우선 출
근부터 하고 봐야 한다. 때론, 우린 우리 자신을 너무 학대하
는 경향이 있다. 과부하가 걸린 일을 하고 나면 일적으로 크게
성장하기도 하지만, 조금씩 정신은 병들어간다. 이 책의 역자
말대로 "지금이야말로 고리타분하고 머리만 아프고 어지럽히
는 것이라고 생각했던 철학이 다시 필요한 때"인 것 같다. 한
잔의 커피를 아주 천천히 마실 시간을 허락하자. 그 시간을 보
내고 나면 거창하게 커피와 철학을 논하는 철학자들에게도 따
뜻한 시선을 보내고 싶어질지도 모른다. 당장은 점심식사 후
즐기는 한 잔의 커피부터 전투적으로 사수해야겠지만.

나쁘지
않으면
완벽한
것이다

《타임 푸어》
브리짓 슐트, 더퀘스트, 2015

우리가 정말로 하고 싶은 일을 잘 모르는 이유 중 하나는 '일을 숭배하는 사회'에 살기 때문이다. 또 하나의 이유는 '결정을 내리는 일 자체'가 피곤하기 때문이다. 내가 만난 사람 중에 이탈리아에 살다가 얼마 전에 귀국한 젊은 미혼여성이 있었다. 이탈리아에서는 오랫동안 직장을 떠나 빈둥거리며 시간을 보내는 것을 '아무것도 하지 않는 달콤함'이라고 부르며 긍정적으로 평가한다. (…) 여자들의 경우 다른 사람을 앞세우거나 자신이 할 일들을 자기 자신보다 먼저 생각하는 데 익숙하기 때문에 무엇을 할지 쉽게 결정하지 못한다.

가족을 위한 활동이나 자신에게 그리 즐겁지 않은 의무적인 만남들로 일정표를 채워놓고 쉴 시간이 없고, 놀 시간은 더욱 없고, 독서는 사치라고 말하는 여자들을 많이 보아왔다. 주말이 오면 무얼 할지 선택하는 깃조차 귀찮아서 텔레비진 앞에 앉아 있거나 영화를 틀어놓고 누워 있다. 아이가 있다면, 아이 밥을 챙겨주고 뒤치다꺼리를 하다 보면 하루해가 금방 넘어간다. 이렇게 나만의 시간을 못 즐기고 주말을 보내고 나면 월요일이 오는 게 더 끔찍하게 느껴진다. 카드결제일처럼 정확하게 월요일은 찾아오고, 또다시 미세먼지 가득한 출근길에 오르는 악몽이 현실이 된다. 한 시간만 더 누워 있고 싶다. 아니, 하루만 더 쉬고 싶다. '안 되나요… 네? 네?… 그렇게 쉬고 싶으면 아예 푹, 쉬라고요?…' 내 의지대로 쉴 수 없는 나는 그저 읽고 싶은 책을 가방에 넣는 것으로 아침을 대신한다.

오늘 내가 챙긴 비상식량인 《타임 푸어》는 항상 시간에 쫓기며 사는 워킹맘들을 위한 날카로운 통계와 따뜻한 조언을 가득 담은 책이다. 미국적인 예시가 많지만 어딜 가나 워킹맘들의 일상은 똑같이 비참하기에 참고할 만하다. 일과 육아를 병행하다가 지옥 같은 '타임 푸어'의 늪에 빠졌던 저자에 따르면 우리가 여가를 되찾기 위한 첫 단계는 "여가 활동을 의식적으로 선택하는 것"이다. 저자는 "갑자기 시간이 많이 생긴다면 당신은 가장 먼저 무얼 하고 싶나요?"라고 묻는다. 독서, 늦잠, 바느질, 항해술 배우기, 기도, 여행, 그리고 행복해지는 것 중 하나를 선택하면 된다. 나쁘지 않으면 완벽한 것이다. "어떤 물건이 집에 없으면 그냥 없는 것이다. 화장실 휴지가 떨어져도 마찬가지다." 그것 하나 없다고 세상은 무너지지 않는다.

일부러 시간배분 워크숍에 참여하지 않아도 '하지 않아도 되는 일'부터 삭제하면 눈에 띄게 자유 시간은 늘어난다. 《미움받을 용기》가 아직도 잘 팔리고 있는 걸 보면 우린 그동안 모든 사람에게 사랑받기 위해 너무 많이 고통받아왔는지도 모른다. 사실 모든 사람에게 사랑받는 것 자체가 피곤한 일 아닌가. 덴마크에서는 "여가에 무엇을 하느냐가 곧 그 사람의 사회적 지위를 보여"준다고 한다. 이제 남의 시선과 평판을 신경쓰다가 내팽개쳤던 '우리들의 행복한 여가'를 악착같이 선택해서 즐겨야 한다. 매사 너무 까다롭게 굴지 말고 여가는 무조건, 무조건이라는 사실을 명심하자.

오늘 수업의 요지는 '무조건 하라!'는 것이다. 지금 우리가 땀에 젖은 옷을 입고 세련된 이 식당에 어색하게 앉아 있는 것처럼. 영혼의 소리가 들릴 때 무조건 여가를 내라! 지금 입고 있는 옷 따위에 신경 쓰지 마라!

진정한
프로가
되는
길

《디자이너 생각위를 걷다》
나가오카 겐메이, 안그라픽스, 2009

'맛있다'는 것은 어떤 의미일까. (…) '맛있다'는 요리, 즉 음식. 그러나 음식이 '맛있다'는 것만으로는 '맛이 있다'는 의미는 성립되지 않는다. 그 밖에 어떤 요소가 필요할까. 나는 '맛있다'에는 최소한 세 가지 요소가 필요하다고 생각한다. 하나는 '요리' 그 자체, 또 하는 맛이 있어 보이는 '장소', 마지막에는 맛이 있어 보이는 '사람'이다. (…) 음식점의 청소는 '깨끗하게'가 아니라 '맛이 나는 분위기'를 만드는 것이라고 표현해야 옳다는 느낌이 든다. 즉, 요리사도 '맛을 낼 줄 아는 사람'이라는 분위기를 풍겨서 그 사람이 음식을 만들면 틀림없이 맛있는 음식이 나올 것이라는 느낌을 주어야 한다. 즉, '맛있는 음식을 만들 것 같은 사람'이 되는 것이 바로 프로가 되는 길이다.

프로가 되는 길. 20대부터 나의 영원한 화두이다. 직업의식이 없는 우리나라의 참상은 차디찬 바다 위에서, 공허한 하늘 위에서도 여실히 드러난다. 가장 만만한 지상에서는 말할 것도 없고. 각자의 분야에서 한 사람 한 사람이 프로인 세상은 어디에 있을까. 적어도 자신의 직업을 사랑하는 사람이라도 많이 있어야 하는데 보면, 모두가 마지못해 일을 하고 있는 듯한 느낌이 들어 안타깝다.

특히 서비스업에 종사하는 사람이라면, 겐메이 말처럼 더욱 '서비스를 잘해줄 것 같은 사람'이 되어야 한다. 실제로 서비스에 대한 지식도 중요하지만, 서비스맨으로서의 자세도 갖추고 있어야 한다는 말이다. 조너선 아이브 책에 의하면 그는 공예 기술만 훌륭했던 것이 아니라 아이디어를 전달하는 능력도 탁월했음을 알 수 있다.

> "다른 사람들은 못하는 것을 할 줄 알았지요. 디자이너라면 디자이너가 아닌 사람들에게 아이디어를 납득시킬 수 있어야 합니다. 자금을 지원하는 사람이나 제품을 제작하는 사람들에게 말입니다. 제작될 제품에 매료되도록, 그 실현 가능성을 신뢰하도록 만들 수 있어야 하죠. 조니는 그런 걸 할 줄 알았습니다."

제품만 잘 만드는 것이 아니라 그 제품을 잘 알리는 것도 프로 디자이너의 중요한 자질인 것이다. 그동안 책을 만드는 일이 천직이라고 생각해왔다. 직장생활 이제 겨우 7년 차. 책의 컨셉을 잡고 차례를 만들고, 글을 읽고 고치고 쓰고 만지고 버리고, 책의 디자인을 정하고 수정하고 또 수정하고, 책의 꼴을 만들고 디자인 감리를 가고 홍보자료를 만들고 뿌리는 일을 반복했다. 아직 배워야 할 것이 많고, 이렇다 할 편집 대표작도 없이 시간이 흐른 것 같다. 하지만 30대가 오기 전에 이루고 싶었던 일의 절반은 이루었다. 독서에세이도 두 권 쓰고, 존경하는 작가의 소설책도 만들어 보고, 힙스터들이 아끼는 잡지의 번역판도 만들면서 출간 파티도 진행해보았다. 출근하는 아침이 더 이상 설레지 않다면 일을 관두겠다는 다짐도 조만간 실행할 것이다.

서툰 솜씨로 만든 여러 요리들이 그럴 듯한 맛을 내고 텔레비전에 나오는 일반인도 아이돌보다 노래를 길 하는 길 보넌 이제 세상은 모두가 요리사요 가수요 디자이너요 비평가요 작가요 마케터처럼 보인다. 문제는 '프로의식'이다. 일을 좋아하는 것(오래하는 것)만으로 모든 것이 용서가 되던 시절은 끝났다.

'학생 같은 프로 편집자'란 있을 수 없다. 아주 잘해야 한다. 아마추어 같으면 자본주의에서 자본을 끌어당길 수 없다. 책을 만드는 것만큼 책을 안 읽거나 읽을 기회를 못 잡는 사람들에게 왜—지금 대한민국에서 이만한 돈을 주고 수많은 책 중에서 굳이—이 책을 읽고 사야 하는지 설득할 줄 알아야 진정한 프로 편집자이다. '믿고 맡길 수 있는 사람'이 되어야 한다.

커피
하나만으로는
충분하지
않다

《휘게 라이프, 편안하게 따뜻하게 함께》
마이크 비킹, 위즈덤하우스, 2016

> 사무실에서 단것을 먹는 것은 하나의 휘게가 된다. 맛있는 케이크 한 조각은 사무실을 휘게의 장소로 만들어준다. (…) 사무실에 소파 몇 개를 들여놓고 사람들이 장문의 보고서를 읽어야 할 때나 간단한 회의를 할 때 사용하도록 하는 건 어떨까? 나 역시 고급스러운 탁자를 사이에 두고 마주앉아 사무적인 분위기에서 회의를 하는 것보다는 소파에 앉아 편안하게 대화를 나누는 것을 좋아한다.

북유럽풍 소파, 러그, 담요 그리고 그릇이 집 안에 가득하다. 하지만 정작 그들의 생활태도나 경험, 마음가짐에 대해서는 깊게 생각해본 적이 없는 것 같다. 잡지 〈킨포크〉를 만들면서 처음 접했던 '휘게hygge'란 단어는 대체 무엇일까. 일상에서, 그것도 척박한 사무실에서 조금 더 '휘게'해질 수는 없을까.

세상에서 가장 좋은 직업을 가졌다고 말하는 마이크 비킹은 행복연구소 부교수이다. 그는 덴마크 외교부, 싱크탱크 Monday Morning의 감독으로 일하며 행복, 삶의 질에 대한 글을 쓰고 있다. 그의 연구에 따르면 휘게는 사실 사물(인테리어)에 관한 것이라기보다는 '마음의 안락함' 혹은 '친밀감을 자아내는 예술' 등 어떤 정취나 경험과 관련되어 있다.

평일 근무 시간에 사무실에 촛불을 켜두는 그들. 케이크와 같이 달달한 것을 나눠 먹으며 잠시나마 행복을 공유하고자 하는 그들. 지독한 추위에 맞서기 위해 질 좋은 스웨터와 스카프, 모직양말, 양초, 천천히 끓이는 스튜 그리고 마음에 맞는 친구들을 집 안에 들이는 그들의 생존전략이 바로 휘게인 것이다. "바깥세상의 거친 현실과 대조적이면 대조적일수록 그 순간은 더욱 소중한 시간으로 다가온다."

빛의 온도가 낮을수록 더욱 휘겔리할 수 있는데, 또 다시 강조하는 우리의 척박한 사무실의 형광등으론 행복을 찾을 수가 없어서 안타깝다. 벽난로까지는 바라지도 않는다. 그저 적나라하게 밝기만 한 형광등을 모조리 없애버리는 게 나의 주장이다. 조명만 좋으면 단체주문한 책상과 의자, 지저분한 바닥 등 그 밖에 다른 것은 상대적으로 중요하지 않기 때문이다. 아, 그리고 한 가지 더. 그 멋도 없고 무식하게 크기만 한 회의

테이블부터 갖다버리자. 조금만 신경 쓰면 딱딱한 회의시간도 분위기 좋은 세미나 현장이 될 수 있을 텐데…. 물론 이런 사소한 것들조차 (나 같은) 월급쟁이 신분으론 바꿀 수 없다. 그저 출근 전 스타벅스에 들려 따뜻한 라테와 블루베리 머핀을 챙겨 사무실에 도착한 후, 이 책을 펼치고 덴마크식 행복의 조건들을 마음에 새기는 것이 지금 내가 할 수 있는 최선의 휘게인 것이다. 오후에 사무실 책상에 놓을 작은 꽃병이나 하나 사러 나갈까. 아니면 푹신한 쿠션이라도 하나 사와야겠다.

"행복은 어쩌다 한 번 일어나는 커다란 행운이 아니라 매일 발생하는 작은 친절이나 기쁨 속에 있다."_벤자민 프랭클린

우리의 정원은
우리가
가꾸어야
한다

《다시, 책은 도끼다》
박웅현, 북하우스, 2016

톨스토이가 말했듯 다른 사람으로부터 배운 것은 몸에 살짝 붙어 있지만, 스스로 발견한 진리는 내 단어가 되는 거죠. 나만의 단어가 많아지는 게 지혜로운 삶으로 가는 길이 아닌가 하는 생각이 들어요. 《살아갈 날들을 위한 공부》에는 이렇게 삶의 지표가 될 만한 꽤 좋은 문장들이 많이 있습니다. 사색하고 자신을 돌아보기 좋은 책이죠.

100쇄를 넘게 찍은 《책은 도끼다》의 후속편 격인 책이다. 박웅현은 이번에도 인문학 강의록을 정리해서 책을 냈는데 전보다 많은 텍스트를 다룬다. 여전히 책의 스토리를 따라가는 것보다 광고쟁이답게 인상적인 문장에 주목한다. 꾸역꾸역 살아가는 인생에서 그나마 덜 힘들 수 있는 방법은 책을 읽는 것밖에 없다고, 다시 책은 도끼라고 힘주어 강조한다.

우리는 왜 사유하지 않는가. '멈출 줄 모르는 속도와 낮출 줄 모르는 성장에 갇혀 정신없이 세상을' 살아가기 때문이다. 당장 차 보험료를 내야 하고, 치과 치료비를 모아야 하고, 전세금을 올려주어야 하는데 어느 세월에 책을 붙들고 사색할 시

간을 내냐고 아우성친다. 당장 내일까지 보고해야 할 페이퍼
가 수두룩한데 알다가도 모르는 말이 가득한 시집이 눈에 들
어올 리가 없다.

그러나 우리 모두 (어제도 아니고 내일도 아니고!) 오늘present, 행
복하려고 태어난 사람들 아니던가. "달은 어디에나 있지만 보
려는 사람에게만 뜬다"는 말처럼 책도 읽으려는 사람에게만
사색이라는 선물을 준다. 박웅현 저자는 그 사실을 가장 쉽게
설명하는 카피라이터라 인기가 많다. 그는 다독가는 아니다.
베스트셀러 위주가 아니라 자신이 즐겨 읽고 여러 번 읽어 몸
에 익은 고전과 예술서들을 중심으로 이야기를 풀어간다. 그
가 인용했던 볼테르의 말을 다시 인용해본다.

> 노동을 하면 우리는 세 가지 악에서 멀어질 수 있
> 으니, 그 세 가지 악이란 바로 권태, 방탕, 궁핍이
> 라오… 이러쿵저러쿵 떠지지 말고 일합시다. 그
> 것이 인생을 견딜 만하게 해주는 유일한 방법이
> 에요… 우리의 정원은 우리가 가꾸어야 합니다.

마음이 혼잡할수록 몸을 피곤하게 만들어야 한다. 육체노동 없이 지적이고 정갈한 삶을 살 수는 없다. 글을 쓰다 막히면 동네 한 바퀴를 뛰거나, 손과 발을 움직여 무언가를 만들거나 요리를 한다. "식사를 준비하고 집을 청소하고 빨래를 하는 일상적 노동을 무시하고서는 훌륭한 삶을 살 수 없다." 소처럼 묵묵히 일했을 때처럼 책을 다 읽고 나면 나만의 단어로 정리해놓는 습관을 들여 진정한 내 것으로 만들어버리자. 나만의 단어가 많아질수록 권태도, 방탕도, 궁핍도 남의 이야기가 된다. 더 나은better 삶이 아닌 더 다른different 삶을 바라는 예술가라면 누구나 그래야 한다.

*이 책을 읽고 나서야 비로소 괴테의 《파우스트》를 완독할 수 있었다. 이 글을 빌려서 감사의 인사를. 좋은 참고서를 읽고 나니 작품을 보는 눈이 달라졌다고 해야 할까. 희곡은 모두가 낯설어하는 장르지만 "인간은 노력하는 한 방황하는 법이니라", "오늘 하지 않는 일은 내일도 이루어지지 않는 법"과 같은 친숙한 문장들도 많으니 여러분도 도전해보시길.

따분한
인생을
잊어버리기
위해

《배빗》
싱클레어 루이스 , 열린책들, 2011

가장 주목할 만한 절차는 갈색 양복의 주머니에 들어 있는 물건들을 회색 양복으로 옮기는 일이었다. 그는 그 소품들을 아주 귀하게 여겼다. 야구 경기나 공화당처럼, 그것들은 그에게 아주 소중한 것들이었다. 만년필과 은빛 샤프펜슬(늘 심이 부족했다.)은 조끼 오른쪽 위 주머니에 들어가야 했다. 이 물건들이 없으면 그는 발가벗은 느낌이 들 것이다.

사놓고 몇 년째 읽던 책만 계속 읽는 수준이던 열린책들 세계문학 전집 앱에서, 영어에 대한 욕심을 잠시 내려놓고 싶을 정도로 매력적인 소설을 발견했다. 1920년대 초반 미국 자본주의의 민낯을 보여주는 싱클레어 루이스의 소설 《배빗》. 주인공 '배빗' 이름 자체가 "중산계급의 교양 없는 속물"을 일컫는 대명사가 될 정도로 인기가 많은 소설이었다. '배빗'은 "1920년 4월 현재 마흔여섯 살이고 버터, 구두, 시 따위의 구체적인 무엇을 만들어 내지는 않지만, 사람들로 하여금 자신이 지불할 수 있는 능력 이상의 집을 사게 만드는 부동산 중개업에 종사하며 그 일을 아주 민첩하게 수행"하는 인물이다.

그는 나름 고급 주택에서 '도덕적인 생활'을 유지하고 있지만, 물질에 집착하고 새로운 여자를 갈망하며 인생이 따분해서 견딜 수 없어 한다. 그는 도시의 리듬에서 영감을 얻었고, 도시를 사랑하는 마음이 매일 새로워졌다. 신문에 나오지 않는 이야기에는 자신만의 관점을 수립하지 못하고, 그의 사전에는 '하지만'과 '만약에'가 없었다. 고급 치약, 고급 라이터, 고급 차, 고급 옷차림에 금세 기분이 좋아지는 그를 보며 우리는 한번쯤 자신의 모습을 떠올리게 된다. 고전은 언제나 수많은 '나'를 발견해주는 매개체이다. 이 소설은 일종의 "재계라는 종교에 바치는 우울하면서도 숭고한 찬가"이다.

나는 언제나 "인생의 아름다움"이 표준화되는 것이 두려웠다. 남들과 똑같이 사는 것만큼 불행한 것은 없다고 생각했다. 1920년대의 미국은 지금의 미국과 다를 것이 별로 없다. 그들의 '표준화된 일상'은 지금도 지속되고 있는 듯 보인다(수많은 프랜차이즈 식당들, 매뉴얼화되어 있는 규범/규칙/정책들, 정해진 인사, 계획된 여행, 준비된 관광지들 등등). 권태는 도시인의 피할 수 없는 운명이기에 이 오래된 소설은 곧 '지금'으로 읽힌다. 주인공의 주변 인물을 통해 작가는 "표준화된 마음"을 경계한다.

자네는 자신이 무엇을 원하는지 조금도 알지 못
해. 나는 혁명가이기 때문에 내가 원하는 것을 정
확하게 알고 있지. 지금 이 순간 내가 원하는 건
술이야.

대도시에 살지 않기 때문에 물욕이 사라진 건 분명하지만, 관
광객들이 거의 없는 이 소도시에서 진정 내가 원하는 것을 정
확히 알기 위해 책을 천천히 아껴 읽는 습관을 놓치지 않고 있
다. 읽지 않으면, '나'라는 정체성이 흔들리게 된다. 나는 이곳
에서 직업도 없고, 특별한 약속도 없고, 알람도 월요일과 수요
일 빼곤 오프off 상태이기 때문이다. 미국 쌀에는 비소가 많다
고 해서 밥을 할 때마다 쌀을 열 번씩 씻는다. 이 지루한 일상
을 반복하면서 생각한다. 규칙적인 일상은 나의 하루를 (의외
로) 간단하게 만들고, 그 덕분에 나는 많은 생각과 다양한 상상
을 할 수 있는 정신적 에너지를 얻는다고. 사교 생활의 노고와
화려한 음식과 새로운 물건에 대한 욕구가 없으니 더욱 에너
지를 뺏길 일이 없다. "날씨와 새로 나온 포드 자동차"에 관한
따분한 대화(How are you doing?/Pretty good과 같은 기계적인 인사)
만이 오고 가지만, 서울에서 느낄 수 없었던 넓은 자유를 만끽

하며 주변부로 살아가는 방법을 터득하고 있다. 지금 이 순간 내가 원하는 건, 여유로운 아침식사뿐이다. 커피 그리고 한 조각의 빵이면 충분하다. 아, 배빗이 강조한 사과 한쪽도! 그리고 책이 머리로 들어올 수 있는, 온전히 홀로 있는 시간만 있으면 얼마든지 이 따분한 시골생활을 몇 년이고 즐길 수 있을 것 같다.

"Books tell us who we've been, who we are, who we will be, too.

(책은 우리에게 말해준다. 우리가 어디에 있었고, 우리가 누구이며, 우리가 무엇이 될지를…)"

_조슈아 프래거Joshua Prager, TED Talks 중에서

우선
무엇이든
실패
하세요

《빵굽는 타자기》
폴 오스터, 열린책들, 2002

아서가 나를 직원-직원이래야 나 혼자뿐이지만-
으로 채용했을 때는 이 사업이 막 궤도에 오르기
시작한 참이었다. 내 주된 임무는 아서를 도와서
1년에 두 번 발행되는 1백 쪽 분량의《엑스 리브
리스》도서 목록을 작성하는 일이었다. 그밖에 편
지를 쓰고, 도서 목록을 요금 별납 우편으로 발송
할 준비를 하고, 이런저런 심부름을 하고, 점심식
사로 참치 샌드위치를 만드는 것도 내 임무였다.
오전에는 집에서 내 일을 하고, 정오가 되면 리버
사이드 가로 내려와 4번 버스를 타고 출근했다.
아서는 동69번가에 있는 적벽돌 건물에 아파트
한 채를 빌려,《엑스 리브리스》의 재산-책과 잡지
와 인쇄물-으로 방 두 칸을 가득 채워놓았다. (…)
나는 매일 오후에 그곳에서 네댓 시간을 보냈는
데, 박물관이나 아방가르드에 바쳐진 작은 성전
에서 일하는 기분이 들기도 했다.

제법 큰 출판사의 편집차장 상근직을 수락하는 대신 하루에
네 시간만 일하고 급료를 절반만 받는 쪽을 택한 소설가 폴 오

스터의 일상을 훔쳐볼 수 있는 책이다. 그는 소설만큼 다이나믹한 '자신만의' 에피소드를 쉴 새 없이 쏟아내는데, 나는 이게 너무 부러워서 새우눈을 뜨고 현미경을 들여다보듯 꼼꼼히 읽곤 한다. '쳇, 나도 당신처럼 영어랑 불어를 유창하게 구사했다면…'

그는 유조선을 타고 바다에도 나가고, 미국을 떠나 외국에서 한동안 살면서 금전적으로나 문학적으로도 충분한 밑천을 모은 듯 보인다. 그러나 실상, 언제나 직장인처럼 규칙적으로 책상에 앉아 번역을 하고 잡문을 쓰면서 생계를 유지해왔다고 고백한다. 베스트셀러 작가가 되기 전엔 극빈보다 조금 나은 생활수준을 유지하는 게 고작이었다고 말이다.

> 나는 서른 살이 될 때까지 잡문으로 생계를 유지했고, 결국 그것 때문에 인생의 낙오자가 되었지만, 거기에는 어떤 낭만적인 생각이 있었던 것 같다. 가령 나 자신을 아웃사이더로 선언하고, 훌륭한 인생에 대한 일반 통념에 휩쓸리지 않고 혼자 힘으로 해나갈 수 있다는 것을 입증하고 싶은 욕

구 같은 것. 내 입장을 고수하고 물러서지 않으면,
아니 그렇게 해야만 내 인생은 훌륭해질 터였다.

특히 20세기 예술과 관련된 희귀본을 전문으로 취급하는 '엑스 리브리스'에서 일한 에피소드는 나의 짧았던 소규모 출판사에서의 몇 달을 떠올리게 했다. 조용하고 친밀한 분위기 속에서 좋아하는 외국 잡지를 교정하고 편집해서 마감하고, 단골 빵집을 만들고, 세련된 정갈함이 가득한 일본 원서를 넘겨보고, 볕이 잘 드는 사무실에서 머리를 비울 수 있는 단순 작업도 하고 나름 평온한 일상이었다. 무엇보다 대형 출판사에서 나를 괴롭혔던 압박감과 소란, 소음, 지독한 담배 연기를 멀리할 수 있어서 좋았다.

하지만 세상에 쉬운 일은 '결코' 없는 법. 평온한 정신생활과 이윤 추구를 얼마든지 양립시킬 수 있다는 것을 납득시키기에 내 소통능력은 턱없이 부족했다. 월급이 빈 도믹 나도, 더 창조적인 일을 할 수 있다면 상관없다고 말했던 나였지만 업무 시간이 길어지면 길어질수록 돈 생각을 안 할 수 없었다. 한 분야에서 자신의 이름을 내걸고 일하는 이들을 인터뷰하고 사람 좋은 미소를 유지하는 소질이 몇 번의 경험으로 모두 소진된 기분이 들었다. 호흡이 긴 단행본과는 다른 피로감이 나를 덮쳤다. 다시 단행본 일을 시작했을 땐, 파주로의 장거리 출퇴근과 수많은 페이퍼워크가 나의 발목을 잡았다. 재택근무자가 되어서도, 나 자신을 위해 쓸 수 있는 시간이 이유도 없이 줄어들었다. 무명시절의 작가처럼 "시간을 얻기에는 일을 너무 많이 했고, 돈을 벌기에는 일을 충분히 하지 않았다. 그 결과, 이제 나는 시간도 돈도 갖고 있지 않았다".

아슬아슬하게 도착한 사무실에서 나는 글을 쓰는 것만으로 생계를 유지할 수 없다고 푸념하는 작가들의 에세이를 자주 읽었다. 그들의 절망이 위로가 되었던 건 내가 직장인이었기 때문이다. 6시가 넘어서까지 일을 붙잡고 있어야 할 때는 야구 중계를 틀어놓고 키보드를 두들기거나, 원고를 교정했다. 모든 편집자가 작가를 꿈꾸는 건 아니다. 그런데, 나는 어디까지나 편집자를 (작가가 되기 위한) 임시직이라고 생각했다. 그냥 막연히 그런 꿈을 꾸는 것만으로도 버틸 수 있는 힘을 얻었다. 시간이 갈수록 그 꿈의 힘도 줄어들었지만, 월급이 제때 나오기만 한다면 어떤 일자리도 괜찮다고 생각했던 궁핍한 시절이 예기치 않은 기회를 많이 만들어주었다. 물론 베스트셀러 한 권 만들지 못해, 편집자로서는 철저히 '실패'했지만 내가 행복했으니 그걸로 만족한다.

일찌감치 작가가 되기를 포기하고 취업했기 때문에 굶어죽지도 않았고, 하루하루 성실히 일한 덕분에 남자에게 집착하지 않을 수 있었고, 흥미도 없는 자기계발서 카피를 쥐어짜느라 삐걱대는 집안문제를 잊고 매일 밤 깊은 잠 속으로 탈출할 수 있었다. 책과 돈이 긴밀한 관계를 맺고 있는 상업 중심지에서 가장 멀리 떨어진 여기에서 나는 또 다른 돈의 일탈을 꿈꾼다. 폴 오스터는 말한다. "이 세상은 돈이 말한다. 돈의 말에 귀를 기울이고 돈의 주장에 따르면, 인생의 언어를 배울 수 있다"고. 현재 내 통장의 원화 잔액, 16,540원. 시간과 자격은 충분하다. 더 이상 다가오는 월요일이 두렵지도 않다. 읽어내야 할 텍스트들과 해석하고 싶은 원문들이 가득하기에.

누구보다
잘
챙겨 먹으면
된다

《사는 게 뭐라고》
사노 요코, 마음산책, 2015

일을 의뢰받으면 그 일이 무엇이든 간에 아, 싫다. 가능하면 안 하고 싶다. 하지만 돈이 없으면 먹고살질 못하니까, 하는 생각으로 마감 직전 혹은 마감 넘어서까지 양심의 가책과 싸워가며 버틴다. 그 전에는 아무리 한가해도 일이 손에 잡히지 않는다.

일하기 엄청 싫어하는 게으른 일본 작가 사노 요코의 박력 있는 하루하루를 담은 책이다. 그녀가 제시하는 '자기 자신과 사이좋게 지내는' 법은 의외로 간단했다. 잘 챙겨 먹으면 된다. 이 책은 그러니깐 '밥을 지어 먹자는 생각이 드는' 놀라운 책이다. 돈가스 소스를 뿌린 채 썬 양배추라든지, 꽁치 영양밥, 채소 튀김 덮밥, 시금치 깨소금 무침, 콩소메 수프와 같이 듣도 보도 못한 일본 가정식이 쉴 새 없이 나온다. 맞아, 이 구질구질한 일이 모두 다 먹고 살자고 하는 짓 아니던가.

일은 언제나 '마감'이 한다. 나는 마감 전까지 최대한 딴짓을 많이 한다. 하지만 마감을 하지 않으면 우리 팀의 매출에 큰 구멍이 생기니 급하면 모래로 쌀밥을 지어내는 신기(?)도 발휘해야 한다. 눈앞에서 제비가 날아가건 장맛비가 내리건 고양이 같은 눈으로 먼 곳을 응시하며 조용히 차를 마시는 할머니 동화작가의 일상을 벗 삼아 원고를 고치고 외주 디자이너에게 전화를 건다. 화사함보다는 실용을 위해 사는 에세이스트를 본받아 실용적인 내지 디자인을 제안한다.

젊음이 사라져 몸이 가벼운 그녀. 이제 남자라면 질색이라며 남자 배우의 하반신은 멋대로 쓰게 내버려두라고 뻔뻔하게 말하는 그녀. 채소 맛을 구별할 수 있게 된 일흔의 자신을 기특하게 여기는 그녀. 화를 잘 내는 자신을 사랑할 줄 아는 그녀. 시한부 선고를 받고 돌아오는 길에 재규어를 사버리는 그녀. 하지만 결정적으로 그녀는 자신과 가장 먼저 절교하고 싶다고 말한다. 요코는 항상 이런 식이다.

청춘이란 자신의 젊음을 깨닫지 못하는 것이다. 너도 머지않아 나처럼 되겠지, 아 고소하다. 그리고 나는 집으로 돌아와 처음 비행기를 타고 외국에 간 사람처럼 흥분하며 사랑스러운 침대 위로 쓰러졌다. (…) 생활은 수수하고 시시한 일의 연

속이다. 하지만 그런 자질구레한 일 없이 사람은
살아갈 수 없다.

냉소적이지만 정 많은 그녀는 이제 우리 곁에 없지만, '죽는
게 뭐라고' 그렇게 호들갑이냐며 독설을 날리는 (아직 안 읽은)
책들이 남아 있어 다행이다. 가끔 내가 월급을 모아 샀던 프
라다 가방을 쳐다본다. 어쩌자고, 저 천가방을 70만 원이나 주
고 산 걸까. 아, 그러고 보니 백화점에서 60만 원이나 주고 가
죽 지갑도 산 것 같다! 자신의 신발장에서 프라다 신발을 발견
하고 놀라는 요코가 오버랩된다. 젊을 땐 그럴 수도 있다고 위
로해준다. 남아 있는 채소와 꽁꽁 얼린 재료들로 만든 '정체불
명의 국'일지도 모를 우리 인생도 계속 매일 만들다 보면 기가
막히게 맛있는 순간이 반드시 올 것이다. 그리고 '살아 있으면
언젠가 죽는다.' 그러니, 가장 맛있고 유쾌하고 박력 있게 오늘
을 살자.

일과
상관없는
일로
업무 시작하기

《작가란 무엇인가 3》
앨리스 먼로 외, 다른, 2015

Q   글쓰기에 시동을 걸도록 도와주는 것이 있
나요?

A   (수전 손택) 독서죠. 제가 쓰고 있는 글이나
쓰고 싶은 글과는 상관없는 독서죠. 예술사, 건축
사, 음악학, 그리고 수많은 주제를 다룬 학술 서적
을 읽는답니다. 물론 시도 읽지요. 시동을 걸어주
는 건 부분적으로는 시간벌기, 그러니까 책을 읽
고 음악을 듣는 것과 같은 시간벌기죠. 책과 음악
은 기운을 북돋아주기도 하지만 불안하게도 해요.
글을 쓰고 있지 않다는 죄책감이 느껴지거든요.

일과 상관없는 일로 업무를 시작하는 게 내 직장생활 '버팀 꿀
팁' 중 하나였다. 한창 정신없이 바쁠 땐, 아주 일찍 출근해서
제일 먼저 손톱을(?) 깎았다. 아무도 없는 텅 빈 사무실에서 쩌
렁쩌렁 울리는 손톱 깎는 소리는 멍한 정신을 일깨워주고 '이
렇게 열심히 손톱도 자라고 있으니 일이나 하자'란 희망찬 결
론에 이르곤 했다. 경력이 쌓이면서 사람들이 있든 없든 아무
때나 사무실에서 손톱을 깎는 게 습관이 되어버렸지만….

손택이 강조한 '시간벌기'는 독서나 음악감상처럼 고상할 필요는 없다. 유자차에 인스턴트 커피가루를 타 마시거나 새로운 나무 종류 이름을 알아낸다거나 하다못해 사무실에 빨간 플러스펜 재고를 체크하는 일도 가능하다. 규칙적으로 글을 쓰려고 노력 중인 요즘 같은 경우엔, 아델의 영적인 신곡 'Hello'의 가사를 타이핑한다. 절대 외워지지는 않는데, 매일 꾸준히 영타를 치다 보니 영타 속도가 빨라졌다. 아주 생산적인 '시간벌기'가 아닐 수 없다.

또 턱없이 부족한 감수성과 나태한 표현력의 처방전으로 '시'를 읽는다. 시를 읽으면 에세이 편집할 때 소제목을 짓거나 책 제목을 지을 때 도움이 많이 된다. 시인들의 기발한 단어 선택을 반영하거나 변형한 소제목들을 신간 속에서 찾아보는 재미도 있다.

나의 직장 스트레스의 대부분은 '집에 오래 머물 수 없다'는 것과 '각종 소음'에서 오는 피로감이었다. 집에서도 항상 음악을 듣기 때문에 '내 귀에 이어폰'은 일종의 속임수였다. 집이 아닌 곳에서 집처럼 느끼기 위한 마지막 무기. 그 무기를 두고 온 날에는 새 이어폰을 (기어이 나가서) 샀고, 자꾸 늘어가는 이어폰을 감당할 수 없어 책상서랍에는 여유분의 이어폰을 꼭 두고 다녔다. (아, 물론 전화업무가 많은 회사에서는 꿈꿀 수도 없었다) 꼬박꼬박 월급 받아가면서, 참 요구사항과 준비물도 가지가지라고들 했지만 하루의 절반을 보내는 곳에서 나는 더 없이 많은 '시간벌기' 장치들을 만들어야 한다고 생각한다. 책상에 오래 앉아 있으면 열심히 일한다고 생각하는 단순한 분들을 위해 나는 그렇게 수많은 '딴짓'을 하며 내 자리를 지켰다.

행복의 비결

"행복의 비결은 자신이 좋아하는 일을 하는 데 있
는 것이 아니라 하는 일을 좋아하는 데 있다."

_제임스 M. 배리

하는 일이 좋아서, 눈이 저절로 떠지는 날이 있
다. 로또에 당첨된 것 같은 그 기분을 유지하기
위해 나는 정말 열심히 그 일을 한다. 결과가 안
좋더라도 하는 동안 행복했으면 그만이라고 생
각하면 부담도 덜어진다. '먼데이 블루'를 없애기
위해 월요일 오전엔 내 능력을 발휘해서 한 시간
내에 끝낼 수 있는 일부터 한다. 가장 자신 있는
한두 가지 일을 처리하고 나면, 한 달째 풀리지
않던 '지옥의 제목안'도 술술 써지는 기적이 발휘
되기도 한다.

Monday's sentences

02

정답이
없는
질문들

읽지
않고
사는
삶의 유용함

《왜 책을 읽는가》
샤를 단치, 이루, 2013

독서하지 않는 사람들은 서점에서 느끼는 희열을
알지 못한다. 그들은 서점이 조용한 상거래가 이
루어지는 곳으로만 여긴다. 구매자와 판매자가
있을 테고, 막연히 겉으로 보이는 것처럼 그리 따
분하지만은 아닐 거라고 믿는다. 또한 자기들이
중요하게 여기는 가치관을 위협하는 위험한 장소
라고는 생각하지 않을 것이다. (…) 엉겁결에 떠
밀려 대학에 진학한 이후에도 무릎에 책을 올려
놓고 몰래 읽는 습관은 여전했다. 어렸을 적 미사
시간에도 그랬고, 세월이 흘러 직장에서 일할 때
도 그랬다. 내 인생의 진지한 모든 장소에서 나는
그 무엇보다 훨씬 더 진지한 일, 즉 독서를 했다.

이 바쁜 세상에 우리는 왜 읽어야 하는가. 책을, 논문을, 기사
를, 세상을…. 이 책의 저자 샤를 단치는 어쩔 수 없이 들어간
법대에 대해 이렇게 말했다. "법대는 내게 최고의 학과였다.
프루스트의 《잃어버린 시간을 찾아서》를 읽을 수 있었으므로"
라고. 그는 세상 어느 곳에서든지 책을 손에서 놓지 않았다.
문학에 대한 열정을 버리지 못하고 결국, 문학의 길에 들어선

다. 편집자, 번역가, 소설가, 시인 모두를 두루 거친 그의 '책에 관한 에세이'는 그래서 이야깃거리가 풍부하다.

알라딘 중고서점에서 단돈 6,300원에 사서 한 꼭지씩 아껴 읽었다. 공감 가는 부분도 있었고, 조금 억지스러운 부분도 있었지만 프랑스의 '도서정가제'에 대한 그의 자부심만큼 독서에 관한 자신의 철학을 신뢰하는 저자가 믿음직스러웠다. 좋고 싫음도 분명해서 호불호가 갈리는 책이기도 하다. 그는 표현이 약간 서툰 사람들의 독자평에도 신중하게 답변해준다. "사랑은 때로 귀찮은 일이다"라면서. 유머 있는 충고는 때론 번개보다 강력하다. 나를 뚫고 지나간다. 특히, 마지막 챕터 4. '독서는 죽음과 벌이는 결연한 전투다'는 두고두고 읽을 가치가 있다. 그는 책을 읽지 않는 이유를 여러 가지 제시하는데, 다음과 같은 이유에 밑줄을 그었다.

> 사색이야말로 독서를 하지 않는 것에 대해 가장 정당한 사유가 될 수 있다. 왜냐하면 결국 독서하는 시간 동안, 우리는 피리 부는 사람 앞에 놓인 뱀과 다르지 않기 때문이다.

이런 이유에서, 나는 읽고 글로 남기지 않으면 독서는 아무 것도 남는 것이 없는 글자놀음이라고 생각한다. 읽고 생각해야 한다. 위험을 감수해야 한다. 진정한 작가와 독자는 항상 (현실에서) 실패하겠지만 결코 굴복하지는 않는다. "독서는 우리를 위로하지 않는다. 어떤 면에선 오히려 우리를 낙담케 한다. 그러나 절망이 슬픈 것은 아니다." '읽는 이'들은 기꺼이 극한 절망을 받아들인다. 나는 행복할 때보다 불행할 때 글을 더 많이 썼다. 행복은 글을 필요치 않을 때가 많다. 행복은 자족의 동의어이기에.

"독서는 아주 짧은 한순간이지만 죽음을 이긴다. 그리고 작가의 작품, 즉 책은 그보다 좀 더 오래 죽음을 이긴다." 샤를 단치는 디지털 시대의 화려한 화면에 경고를 날리며 책을 마친다. 권력과 손잡고 (혹은 아부하고) 현재에 안주하고 싶다면 골치 아픈 독서 따윈 할 필요 없다. 일을 끝내고 자연 속에서 걷거나 뛰거나, 헤엄치는 일에 집중하면 너 나은 삶을 실 수 있다. 사실, 책을 읽지 않고 사는 것이 편할 때가 더 많기 때문이다. 그저 나는 수명이 짧은 행복을 믿지 않기 때문에 읽고 사는 것일 뿐이다.

밤에
잠을
제대로
자려면

《스티브 잡스》
월터 아이작슨, 민음사, 2011

앳킨슨은 회상한다. "그가 만족할 때까지 아마 스무 개가 넘는 제목 표시 줄 디자인을 만들었을 거예요." 어느 시점에서 케어와 앳킨슨은 더 중요한 일이 있는데 잡스 때문에 제목 표시 줄에 사소한 수정을 가하느라 너무 많은 시간을 허비한다고 불평했다. 그러자 잡스가 폭발했다. "그걸 매일 쳐다봐야 한다는 것은 생각해 보지 못했소? 사소한 게 아니야. 제대로 해야 하는 거라고."

오늘도 맥북의 한입 베어 문 사과 마크와 함께 하루가 시작된다. 잡스가 집착했던 수많은 아이콘과 표시줄들을 습관처럼 쳐다본다. 어제와 같은 시작, 그러나 왠지 다를 것만 같은 하루다. 어제까지 진행했던 책이 마무리되고, 즉 마감과 동시에 디자인 감리를 끝내고 다시 원점으로 돌아온 오늘. 이번에도 '좋은' 책이 '잘 팔리는' 책이 아닌 현실에 또 한 번 좌절할 것만 같아 두렵다. 그냥, 한 마디로 일하기 싫다는 이야기다. 이럴 때 한 삼일은 집에서 뒹굴며 영화를 보거나, 미술관에 가만히 앉아 그림을 보며 멍 때리고 싶은데 월급에 매인 몸이라 그 모든 바람을 뒤로 하고 출근했다.

지난 6개월 동안 제대로 서 있기도 힘든 출근길 지하철 안에서 《스티브 잡스》를 읽었다. 두께가 만만치 않으니 당연히 전자책으로 읽었다. 그의 '현실 왜곡장'(현실과 다르게 자신의 능력과 고집대로 과장되게 미래를 예측하는 것)의 힘을 빌려서 출근길을 최대한 '애플스럽게' 포장하고 싶었다. "여정 자체가 보상이다"와 같은 거만한 금언을 만들어 동료들의 자긍심을 높여줌과 동시에, 무능력자들(이것도 철저히 잡스만의 기준에 의해서 선별된 이들)은 가차 없이 짓밟아버리는 잡스의 이중성은 내 초라한 현실도 매킨토시의 혁명 속으로 빨려 들어갈 것만 같은 착각을 불러일으킨다. 그는 이름에조차 'Job'이 들어가서 일을 하게 만드는 놀라운 힘이 있다!

그가 죽은 후 더 많은 신화들이 만들어지고 있지만, 최대한 객관적으로 잡스를 기록하고자 했던 월터 아이작슨의 역작인 이 책만큼 소장가치가 크고 오래 읽히는 자료도 드물다. 잡스의 열정적인 장인 정신은 제품뿐만 아니라 그의 숨겨진 일화까지도 아름답게 만들었다. 6년째 맥북과 아이폰을 쓰고 있지만, 단 한 번도 실망한 적이 없다(물론 나도 애플의 '현실 왜곡장' 속에 들어와 있는 사람이다). 아이패드 미니 2는 나의 유일한 e북리더기로서 제 역할을 200% 해내고 있다. 이 작업 도구들 없이는 글 하나도 제대로 못 쓰는 게 흠이라면 흠이다.

> "아름다운 서랍장을 만드는 목수는 서랍장 뒤쪽
> 이 벽을 향한다고, 그래서 아무도 보지 못한다고
> 싸구려 합판을 사용하지 않아요. 목수 자신은 알
> 기 때문에 뒤쪽에도 아름다운 나무를 써야 하지
> 요. 밤에 잠을 제대로 자려면 아름다움과 품위를
> 끝까지 추구해야 합니다." _스티브 잡스

그가 남긴 수많은 명언 중 내가 가장 아끼는 말은 "자신이 쓰고 싶은 물건을 만든다는 것, 그것이 최고의 동기부여라 할 수 있지요"이다. 항상 내가 읽고 싶은 책을 만든다는 것이 내가 일하는 최고의 동기부여였다. 편집자와 디자이너만 알 수 있는 '보이지 않는 점'도 하나하나 놓치지 않으려고 수없이 검토했다. 적어도 한 사람은 나와 같은 취향을 가지고 책을 고를 것이라고 믿었다. 그 한 사람과 내가 읽고 싶은 책, 내가 알고 있는 방식으로 '아직 적히지 않은 것'을 표현하려고 노력하는 것만이 그와 내가 교감하는 유일한 길이다.

나는 아직도 이 책을 읽으면 왠지 모르게 가슴이 뛴다. 그가 좋아했던 밥 딜런의 말처럼, 태어나느라 바쁘지 않으면 죽느라 바쁠 것임을 알기에.

슬픔
때문에
죽지는
않는다

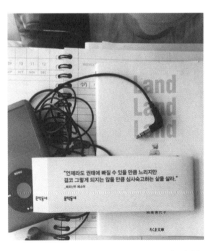

《우리는 매일 슬픔 한 조각을 삼킨다》
프레데리크 시프테, 문학동네, 2014

프루스트의 한 줄 한 줄에는 애초부터 슬픔이 있었다. 프루스트는 그 중독적인 감정에 대해 전혀 면역력이 없었기에 짓눌리고 말았지만, 어떤 성분이 신체 내에 아주 오래 머무르면 으레 그렇듯 슬픔 없이는 살 수 없게 되어버렸다. 사람이 슬픔 때문에 죽기도 한다. 그러나 슬픔을 불러일으킨 충격이 그렇게 치명적이지 않다면 슬픔은 혈액에서 희석되고 세포 속으로 서서히 퍼져 현실에 대한 감각적, 심리적 지각을 조금씩 변화시킨다. (…) 프루스트는 '행복'만큼 작가에게 비생산적인 것은 없다고 했다. 이 지적은 모든 작가와 철학자에게 적용된다. 건강, 부르주아의 안락, 평온한 나날은 예술가에게 사회적 의무, 사교계 생활, 온갖 종류의 번잡함이라는 '여흥'을 마음먹게 한다.

요즘 부적처럼 들고 다니는 책이다. 내가 좋아하는 사람들이 떼를 지어 등장하는데, 책의 부제대로 그들은 "삶에 질식당하지 않았던" 사상가들이다. 우선 서문의 인용문부터가 강렬하다.

"하루의 3분의 2를 자기 마음대로 쓰지 못하는 사
람은 노예다."_니체
"불행한 이가 일단 통찰력을 가지면 더욱 불행해
지기 마련이다. 기만하거나 물러설 방법이 없기
때문이다."_에밀 시오랑

'한갓지고 평온한 고장'에서 삼십 년째 철학을 가르치고 있는
저자는―그는 '노력이 요구되는 일, 피곤한 일, 생산적인 일,
수익이 있는 일, 유용한 일'을 멀리한다고 고백한다―이 책
이 그저 자신의 감상적인 십계명에 불과하다고 말하고 있지
만 그가 모아놓은 말들은 매일 출근하는 나와 같은 평범한 사
람에게도 울림이 크다. 노동하는 인간의 비애를 담고 있지만,
책은 얇고 가볍다. 작은 판형이라 한 페이지에 14~18줄밖에
안 들어 있다. 아껴 읽으며 밑줄 긋고 저장한다. 하루의 3분의
2를 내 마음대로 쓰지 못할 때는 강박적으로 읽고 쓰기를 반
복한다.

행복과 불행은 느닷없이 우리를 덮친다. 작가에겐 행복보다
불행이 낫다고 단정 짓는 사람들. 그들이 불행을 다루는 방식

이 마음에 든다. 글을 쓸 때 확실히 우울하거나 부정적인 생각
이 도움이 된다. 예전엔 화창한 날보다 비오는 날을 더 좋아했
다. 매사 가볍고, 자각 없는 사람들을 멀리했다. 하지만, 세상
속에 섞여 살아가다 보면 어쩔 수 없이 행복도 껴안게 된다.
비오는 날보다 화창한 날엔 옷을 골라 입기 좋아서 좋다. 자각
없는 사람들의 밝은 내면을 동정하게 된다. 그들의 드러나지
않는 어둠을 읽는다.

이 책의 주인공인 니체, 페소아, 프루스트, 쇼펜하우어, 몽테
뉴, 샹포르, 프로이트, 로세, 오르테 그리고 '전도서'의 저자까
지 모든 사상가들은 불행이란 재료를 가지고 글을 써서 인생
을 쓸고 닦았다. 그들의 노동하는 소리―글을 쓰거나 책을 읽
거나 강의를 하는―가 여기까지 들리는 듯하다. "교양 있되 정
념 없는 삶"을 살고 싶은 이들이라면, 꼭 곁에 두고 읽어봐야
할 책이다.

인스타그램이
나를
슬프게
할 때

《실비아 플라스의 일기》
실비아 플라스, 문예출판사, 2004

가지 않은 숱한 길들이 모두 궁금해 프로스트의 시를 인용하고 싶은 마음이 든다. 하지만 그러지 않겠다. 다른 시인들의 글귀를 고스란히 되풀이해 말할 수 밖에 없다는 건 슬픈 일이다. 누군가 다른 사람이 내 글귀를 되풀이해 말하면 좋겠다. 나는 왜 원고를 출판하면 나 자신을 정당화할 수 있으리라는 생각에 이토록 집착하는 걸까? (…) 어떤 종류의 사회적 실패든 변명해줄 수 있는 핑계라고 생각하는 걸까? 그래서 "아니, 별로 과외 활동을 많이 하진 않았지만, 글 쓰는 데 많은 시간을 투자해"라고 말할 수 있도록? 아니면 혼자 있으며 혼자 사색에 잠기고 싶어 지어낸 핑계일까? 그래서 굳이 무리를 지어 몰려다니는 여자들을 상대하지 않아도 되도록? 나는 글쓰기를 좋아하나? 어째서? 뭐에 대해서? 중간에 포기하고 "살다 보니 남자의 물릴 줄 모르는 식욕을 채워주고 아이들을 낳는 것만도 정신이 없어. 글을 쓸 시간 따위는 없어"라고 말하게 될까? 아니면 빌어먹을 글쓰기와 습작에 매달려야 할까?

그녀는 말한다. "여자들이 많으면 항상 마음이 불편했다"고…. 나 역시 언제나 여자들 무리에서 멀어지고 싶었다. 그래서 미용실도, 네일숍도 자주 가지 않는다. 3명 이상이 모이는 자리에는 잘 나가지 않는다. 지금보다 더 가난했고, 이력도 없고, 몸무게도 덜 나갔던 몸도 마음도 병약했던 그때로 돌아가 《실비아 플라스의 일기》를 불러들이는 오후다. 유난히 기록이 많은 대학 시절을 생각나게 하는 책이다. 살고 싶은 의지가 옅어질 때 보면 좋은 책이다. 이 책이 전자책으로 있다니 정말 축복이다. 축복.

누군가 다른 사람이 내가 쓴 문장을 되풀이해 읽었으면 좋겠다고 막연하게 생각했다. 글밖에 나를 증명할 도구가 없었다. 삶의 전부라고 느꼈던 친구들은 이미 나와 다른 삶을 살고 있는 듯 보였다. 외국어고의 특성상 3년 내내 붙어 있던 나의 단짝들은 모두 유복했고, 모두 원하는 대학에 들어갔고(몇몇의 예외도 있었시만), 방학 때는 해외여행을 떠났으며, 갖고 싶은 건 쉽게 가질 수 있어보였다. 불행한 나만 빼고 말이다. 나는 어쩌다 내 능력만을 이용해서 물건을 살 수 있는 처지가 된 걸까. 나는 왜 내가 원하는 건 가질 수 없는 걸까? 나의 부모는

왜 이렇게 무기력한가. 아무에게도 묻지 못할 질문들을 노트
에 쏟아내곤 했다.

대학에는 만나고 싶지 않은 이들만 가득 했고, 말을 섞고 싶지
않았고, 그럼에도 불구하고 조별과제를 하고 학점을 따야 했
다. 도서관에서 3시간을 버티고, 수업을 3시간 들은 후엔 집으
로 갈 수 있다. 공강 시간에는 학교 앞 스타벅스에서 과제를
했다. 남자친구가 없던 몇 개월은 스타벅스 직원과 가장 많은
말을 나눴는지도 모른다. 언제나 내 빈약한 사유가 걱정스러
웠다. 도서관과 대형 서점만이 나를 만족시켰다. 갖고 싶은 물
건 대신 문장 하나를 더 적고 만다, 스스로 위로하는 그런 거
짓된 문학적 변명들에 기대어 하루를 버텼다.

나는 왜 그렇게 갖고 싶은 게 많았을까? 지금이야 원하는 음
악을 언제든 검색해서 들을 수 있었지만, 그때는 CD를 사야
만 원하는 곡을 들을 수 있었다. 지하철을 갈아타고 핫트랙에
가서 기어코 원하는 CD를 사서 땀을 뻘뻘 흘리며 들어가는
교양 강의실. 내 자리 주변에 아는 이는 아무도 없다. 그저 교
수의 음성, 음악과 책과 노트뿐이다. 외우는 것은 자신 있었기

에 수강했던 한문학 수업도 내 기억력이 따라가지 못했고, 고등학교 시절 전공했던 (교양)중국어도 진도 따라가기에 급급했다. 나의 재능은 어디에 있는 걸까. 나는 글쓰기를 좋아하나? 이걸로 먹고 살 수는 있을까?

확실한 건, 나는 혼자 있는 걸 좋아한다는 것이다. "단어의 느낌과 음악을 호사스럽게 만끽하며" 보내는 시간만이 살아 있다고 느꼈다. 다시 철저히 혼자가 된 오후를 가지고 나니, 나만큼 혼자서 할 일이 많은 사람도 드물다는 생각이 든다. 남편을 위해 요리까지 해야 해서 온전히 책과 함께 하는 시간도 부족할 지경이다. 영어 회화에 대한 욕심과 반대로 글쓰기에 대한 나의 욕구는 점점 사라지는 것 같다. 요즘 다시 "나는 글쓰기를 정말 좋아하나?"를 되묻고 있기 때문이다. 글을 읽어야 글이 써지는 특성은 변함이 없는데, 이제 글을 읽어도 글을 쓰고 싶다는 생각이 들지 않는다.

처음에는 조바심도 나고, 이대로 '글 쓰는' 내가 완전히 잊히는 건 아닐까 불안했지만 이제 그림처럼 떠 있는 구름만 보고 있어도 감수성이 충족되는 기분이 든다. 매일 잡지나 인스타그램에서 본 가방과 신발, 옷들을 검색하기 바빴는데 인터넷 쇼핑을 끊고 보니, 내가 얼마나 외적인 것에 집착하고 있었는지도 알게 되었다. 매일 다른 옷을 입고 나가야 자신감이 배가 되었기에 생활은 실시간 검색어처럼 언제나 촉박하고 팍팍했다. 그날그날 어울리는 액세서리와 책도 사야 했으니 사야 할 것들은 넘치고 또 넘쳤다. 결혼 후 사들인 물건들로 내 공간은 더 좁아졌다.

> 비록 일상의 쳇바퀴에 지독히도 저항하던 사람이라 해도, 반복되는 생활의 궤도에서 탈선하는 순간 불편한 느낌을 갖게 되는 것이다. 나 역시 그러하다. 무슨 일을 해야 할까? 어디로 돌아야 할까? 어떤 매듭, 어느 뿌리를 믿고 매달려야 할까? 집에 돌아온 나는 이렇게 낯설고 희박한 대기 속에서 어디에도 마음 붙이지 못한 채 공중에 붕 떠 있다…

에디터라는 직업상 많은 사람을 만나야 했고, 새로운 사람들을 찾아 다녀야 했고, 창조적 욕구와 달리 잘 팔리는 책을 만들기 위해 트렌드에 민감해야 했다. 매일 아침 베스트셀러 순위를 확인하고, 잘 나가는 저자들의 인터뷰를 찾아 읽기 바빴다. 돈을 쓰기 위해 돈을 버는 우리는 하루에 필요한 것들이 어찌나 그렇게도 많은지 사도 사도 모자란다. 먹기 위해 운동하는 것처럼 기분을 좋게 하기 위해 물건을 사는 건 필요악이다. 인스타그램에서 뻔히 쇼핑몰 광고인 줄 알면서도 밤낮으로 "어디에서 샀냐고, 언제 올라오냐고, 어디 꺼냐고" 묻는 이들을 보면 두 눈을 감게 된다. 예전의 나를 보는 것 같아서 괴롭다. 공장에서 찍은 것처럼 똑같은 스타일의 옷을 입고, 모두가 가는 세련된 카페에서 얼굴은 자른 채 물건을 강조하는 사진들은 미련 없이 언팔로잉을 누른다. 많은 실패를 거듭한 끝에, 내 스타일을 겨우 찾았지만 언제 변할지 모를 일이다. 모두 부질없는 쾌락의 순간들이다.

하지만 책만은 다르다. 남들의 추천에, 광고글에 크게 끌리지 않는다. 그게 바로 내가 '책'을 아식노 읽는 이유이다. 대학 5년, 직장 생활 7년 동안 오직 확신을 지니고 말할 수 있는 것은 '책'을 대하는 나의 변함없는 태도/애정/자세뿐이다. 독서는 내게 위로 따위로 정의되지 않는 '생존'의 문제다. 한창 일

할 나이에 일자리도 버리고, 먼 타국 땅에서 남편만을 바라보
며 살아도 내게는 '책'이 있으니 살 만하다. 가끔 '나는 왜 사는
걸까?'란 의문이 들면 글을 쓴다. 이렇게 글을 쓰다 보면 대학
시절의 '무지한' 나로 돌아간 것 같다. 매일 9시간씩 일할 때는
미처 발견하지 못한 문장들을 사냥하며, 자본주의 취향을 망
각하고, 미친 듯이 걷다 보면 왜 다시 글을 써야 하는지 그 '육
감적' 이유를 알게 될지도 모르겠다.

가끔
나도
주목받고
싶다

《가끔은 주목받는 생이고 싶다》
오규원, 문학과지성사, 2000

노점의 빈 의자를 그냥

시라고 하면 안 되나

노점을 지키는 저 여자를

버스를 타려고 뛰는 저 남자의

엉덩이를

시라고 하면 안 되나

나는 내가 무거워

시가 무거워 배운

작시법을 버리고

버스 정거장에서 견딘다 (…)

나는 어리석은 독자를

배반하는 방법을

오늘도 궁리하고 있다

내가 버스를 기다리며

오지 않는 버스를

시라고 하면 안 되나

시를 모르는 사람들을

시라고 하면 안 되나

_ '버스 정류장에서' 중에서

어김없이 월요일이 나를 찾아왔다. 오늘은 차돌박이 된장에 반찬 없이 흰 쌀밥만 점심으로 먹고, 식당건물 지하에 있는 전통 찻집에 가서 진한 대추차를 마신 무언가 굉장히 종로스러운(?) 오후였다. 사무실에 돌아와, 80년대에 나온 시집을 읽는다. 주민등록증 번호를 시라고 하면 안 되나, 라고 묻는 시인의 천연덕스러움에 쓴 웃음이 나온다.

다음 달에는 클래식 에세이 한 권을 편집한다. 매일 쓰는 편집 일기를 시라고 하면 안 되나. 이번 주까지 써야 하는 보도자료를 시라고 하면 안 되나. 드링킹 요구르트를 빨대로 빠는 입을 시라고 하면 안 되나. 이렇게 범용성 높은 표현이 다 있다니…. 아니다, 이건 뭐 경지에 오른 언어의 신神이니까 가능한 발언이다. "사랑에는 길만 있고 법은 없네"라고 반복해도 시가 된다. 구름떼, 발자국 소리를 나열해도 시가 된다. 하지만 내가 쓰는 이 글은 시가 아니다. 밤에는 누구나 시인이 될 수 있지만 지금은 월요일이고, 나는 오후 4시에 텅 빈 사무실을 지키는 회사원이니까. 도착하고도 남아야 할 가제본은 오질 않고, 집에 두고 온 간식거리 생각만이 간절하다.

베스트셀러 하나 만든 적도 쓴 적도 없지만 나도 가끔은 주목받는 생生이고 싶다. 소설 두어 편 완성해놓고 문학폴더 안에 썩히고 있지만 나도 가끔은 소설가로 불리고 싶다. 하염없이 하품이 나오는데, 사무실 커피가 똑! 떨어졌을 때, 나는 맥없이 절망한다. 하지만 사무실에서 절망은 사치다. 가제본이 도착했으므로 다시 편집의 세계 속으로 들어간다. 오탈자는 없는지, 누락된 페이지는 없는지, 판권은 정확한지, 하시라/도비라는 차례와 동일한지 일관성 있게 검토한다. 이 두서 없는 오후에, 주목받지 못하는 편집자는 조용히 책이 되기 이전의 책을 바라본다.

> 나는 사주고 싶네 사랑하는 애인에게
> 라이너 마리아 릴케 같은 스판덱스 브래지어,
> 사주고 싶네 아폴리네르 같은 팬티 스타킹,
> 아 소포로 한 짐 보내고 싶네
> 에밀리 디킨슨의 하얀 목덜미 같은 생리대
> 뉴후리덤

귄터 그라스 같은 을지로에 있는 카프카 같은 사무실에서 오늘 저녁은 명동 '먹쉬돈나('먹고 쉬고 돈 내고 나가기'의 줄임말이라고 한다)'에서 즉석떡볶이를 사 먹어야지, 다짐하며 나는 지금 500페이지가 넘는 책을 공무원처럼 사무적으로 넘기고 있다. 언제까지나 이 순간은 떨림으로 가득할 것 같다고 적으니 진짜 시같이 느껴진다.

모든 사람에게
좋은
사람일 수는
없다

《태도에 관하여》
임경선, 한겨레출판, 2015

왜 그렇게 계속 '남에게' 좋은 사람이 되어야만 했던 걸까? 곰곰 생각해보니 나는 자존감 부족, 나의 불안정한 자아를, 타인과의 관계 즉 인정 욕구로 채우려 했다. 그러려면 나를 미워하는 사람이 단 1명도 있어서는 안 되었다. 하회탈을 쓰더라도 '좋은 사람'이 되면 사람들로부터 칭찬과 사랑을 받고 있다 착각해서 스스로에 대해 안심하게 되지만 실상은 진심으로 하는 게 아니기 때문에 오래 버텨낼 수가 없다. 그 어느 때라도 인간관계가 기쁘기 위한 기본은 '그 사람과 같이 있을 때의 내 모습을 내가 좋아하는가'이며, 연기는 언젠가는 끝나기 마련이다.

'좋은 사람 콤플렉스'라는 것이 있다. 완벽해야 한다는 강박증, 바쁘게 살아야 한다는 조급증, 화는 꾹 참고 또 참는 미련함, 도우미가 되기를 자청하고 조언을 일삼는 오지랖 등이 이 콤플렉스의 특징이다. 나에게도 항상 바쁘고 뭐든 완벽한 삶에 대한 집착이 있었는데, 그 덕분에 직장에 다닌 지 3년 만에 몸무게는 7kg이 빠지고 주말마다 자도 자도 피곤했다. 노력해도 극복이 안 되는 부분은 늘어가고, 점점 일에 대한 회의감이 밀려들 때쯤 '저녁 있는 삶'을 선언하고 야근을 끊었다. 의미 없이 사무실에 앉아서 이 기사 저 기사를 검색하는 시간을 줄이고 제대로 된 저녁을 먹은 후 산책을 하기 시작했다.

어느 정도 생활에 빈틈도 만들고, 팀원 모두에게 사랑받고 싶다는 욕심을 버리니 작지만 새로운 숨구멍이 생긴 듯 보였다. 그럼에도 불구하고, 누구에게나 인정받고 싶은 마음은 여전히 나를 쉼 없이 깨어 있게 만들었다. 좋은 편집자인 동시에 좋은 작가이고 싶었고, 좋은 동료이고 싶었고, 좋은 후배이고 싶었고, 좋은 여자친구이고 싶었고, 좋은 딸이고 싶었다. 결혼 후엔 좋은 며느리까지 추가되었다.

주변에 나만큼 남 눈치 안보는 사람도 드물어 보였지만 인간관계라는 것이 어디 한쪽의 노력만으로 유지되겠는가. 마음에 드는 사람에겐 한없이 잘해주고 싶었다. 잘 '듣는 사람'으로만 머물다보면, 나의 어설픈 '듣는 연기'는 금방 들키게 마련이다. 나도 조금씩 내 이야기를 하기 시작했다. 마음에 맞는 사람에게만 집중했고, 나와 잘 맞지 않는 사람과는 적이 되는 일만

막으면 되었다. 《태도에 관하여》의 저자는 "인간관계를 가급
적이면 '관리'하지 않고 살았으면 좋겠다"고 조언한다. 관리할
관계가 한정적이다 보니 약속을 잡고 연락을 주고받는 시간이
줄고, 나 혼자 집중해서 책을 읽고 생각할 시간이 두 배로 생
겼고 그 결과 책도 두 권이나 출간할 수 있었다.

나른하고 소소한 행복을 추구하는 삶의 방식을
항간에서는 예찬하지만, 그것이 가치 있으려면
어디까지나 자기 규율이 바탕이 되어야 한다. 겸
손한 주제 파악이 인간의 미덕일 순 있지만 삶을
팽팽하게 지탱시켜주진 않는다. 그러기 위해선
내가 좀 더 나아질 수 있다는, 내가 나에게 지고
싶지 않다는 간절함이 필요하다고 생각한다. 가
치 있다고 생각하는 일에 몰입하는 기분은 내가
생생히 살아서 숨 쉬고 있다는 실감을 안겨준다.
그렇게 소금씩 걸어나가는 일, 건전한 야심을 잃
지 않는 일은 무척 중요하다. 결국 열심히 한 것
들만이 끝까지 남는다.

인간관계에서 내가 유일하게 조언할 수 있는 부분은 나는 앞뒤가 똑같은 사람이라 누구와 있어도 눈치를 보지 않는다는 점이다. 이런 무신경함이 많은 오해와 불화를 만들어내기도 했지만…. 결국 나는 '거짓웃음'을 멀리하고 '진짜웃음'을 찾았다. 대신 늘 지적받았던 인사성에 대한 부분은, 미국에 와서 눈을 마주치면 반갑게 인사한다거나 끝까지 다음 사람을 위해 문을 잡아주는 등 작은 배려들을 배우며 보는 사람이 행복해지는 기본 미소를 몸에 익히고 있다. 일단 가면을 벗어던지면, 기대에 부응하기 위해 억지로 노력하는 부분이 줄어든다. 하루 이틀 볼 사이도 아닌데, 처음부터 너무 과장해서 잘해주거나 모든 것을 맞춰주는 건 장기적으로 관계를 망치는 지름길이다. 죽을 때까지 '처음과 끝이 같은 사람'이란 소리를 듣는 게 나의 작지만 큰 바람이다.

또 우리는 자신의 이야기가 빈약하면, 남 이야기(외모 비교, 학교 비교, 직장 비교, 결혼 비교, 집 비교… 비교의 카테고리는 끝이 없다)를 하며 시간을 보내는데 그럴 시간에 차라리 내가 더 나답게 사는 방법을 찾는 게 생산적이다. "목소리가 크고 공격적인 사람들을"을 피하고 "기왕이면 밝고 재미있고 즐거운 일에 눈을"

돌리고 지금 눈앞에 있는 그녀/그와 나만의 이야기를 풍부하
게 나눠보자. 얇지만 생각할 거리가 많은 이 책이 여러 화두를
제공해줄 것이다.

독서의 힘은
대체
언제
보이는 거죠?

《오직 독서뿐》
정민, 김영사, 2013

학사 한 사람이 책을 보다가 반도 못 보고는 땅에
던지며 말했다. "책만 덮으면 바로 잊어버리는데,
본들 무슨 소용인가?" 현곡 조위한이 말했다. "사
람이 밥을 먹어도 뱃속에 계속 머물려 둘 수는 없
다네. 하지만 정체로운 기운은 또한 능히 신체를
윤택하게 하지 않는가. 책을 읽어 비록 잊는다 해
도 절로 진보하는 보람이 있을 것일세." 말을 잘
했다고 할 만하다. 밥을 먹으면 입을 거쳐 위장
과 대장을 지나는 동안 영양분은 몸으로 스며들
고 찌꺼기는 대변으로 배출된다. 책을 읽으면 눈
과 입을 통해 머리와 가슴을 거치는 동안 그 의미
를 곱씹고 되새긴다. 나머지는 기억의 창고에서
흔적도 없이 지워진다. 밥 먹은 효과는 피부의 윤
택으로 드러나고, 책 읽은 보람은 사람의 교양으
로 나타난다. 몇 끼 밥을 굶으면 얼굴이 수척해지
고 기운을 못쓰게 되어, 죽을 시성이 된다. 하지
만 책은 읽지 않아도 겉으로는 아무런 표가 나지
않는다. 그래서 사람들은 밥을 위해서는 못 하는
짓이 없고, 안 하는 일이 없으면서, 책을 위해서

는 한 푼도 쓸 생각을 하지 않는다.

학자로서 저자로서 인생의 스승으로서 정민 선생님은 참 본받을 점이 많은 사람이다. 요즘 나의 생활을 한 문장으로 표현해주고 있는 이 책도 하루에 조금씩 조금씩 아껴 읽고 있다. 그러다, 오늘 아침 만난 위의 문장들은 허기진 배를 잊게 해줄 만큼 명쾌해서 여러 번 읽었다. 바로 블로그 창을 열었다. 익숙한 배경이 나를 반긴다. 이곳은 나의 '제2의 집'이다.

밥을 먹기 위해서는 못 하는 짓이 없으면서, 책을 위해서는 한 푼도 쓸 생각을 하지 않는 것을 저렇게 꾸짖을 수도 있구나. 그렇지만, 어쩔 수 없이 읽지 않고 사는 이가 본다면 '거참, 샌님같은 소리하고 있네' 할지 모를 정도로 강경한 태도다. 그라면 당연한 자세다. 책은 밥 먹을 시간, 쇼핑할 시간, 텔레비전 볼 시간, 운동할 시간을 아끼고 아껴서 '시간을 내서' 만나야 하는 어려운 친구임에 틀림없다.

옛것을 불러내 대화한다는 느낌을 늘 갖는다. 옛글을 읽다 보면 반짝 빛나는 보석 같은 장면, 뭉

클하게 다가오는 순간이 있다. 나만 알게 된 이 장면에 일반 독자들을 가닿게 하려면 매개가 필요하다. 이런 식의 글은 명청 시대 '청언소품淸言小品'에서 유래한 것이다. 마음을 맑게 하는 짧은 글인데, 일종의 아포리즘이다. 중국에는 굉장히 발달해 있다. 대표적인 게 채근담이다. 짧지만 큰 울림을 주는 글이다. 우리는 이런 게 없는 줄 알았는데, 공부를 하다 보니 오히려 너무 많았다. 그냥 번역만 해서는 느낌이 안 산다. 울림이 오게 하려면 뭔가 설명이 들어가야 한다.

_정민 '나의 글이 가는 길' 조선일보 인터뷰 중에서

그가 말한 옛것은 고전이란 말과 같은 의미다. 그는 고전의 매력이 바로 '읽는 사람마다 나름대로 읽게 만드는 힘'에 있다는 걸 누구보다 잘 아는 똑똑한 저자다. 대학에 다닐 때 우리나라의 고선문학 보나는 쓰랑스 기호학에 더 관심이 닳았넌 나는, 정민 교수의 저작들을 읽으며 학창 시절의 지적 편식을 반성했다. 아직도 연구하고 싶은 것들이 많다는 그의《오직 독서뿐》을 읽다 보니, 나도 쓰고 싶은 많은 것들이 생각났다. 새벽에 혼자 책을 읽고 다다다닥 키보드를 치는 내가 가끔씩 낯설다. 내 목소리를 내보겠다고 회사를 뛰쳐나왔다. 회사에선 이상한 것을 따져 묻다 보면 피곤한 일이 많아지고, 일을 군이 '만들어서' 혼자하다 보면 내가 지레 지쳐버린다.

물론, 월급을 받으며 회사의 이익 창출을 위해 끊임없이 노력했던 일과들이 모두 헛된 것은 아니었다. 책의 콘셉트를 잡는 법, 언론사용 보도자료를 쓰는 법, 책의 교정교열, 국내 저자를 컨택하는 법, 체계 없는 원고를 완성도 있게 재구성하는 법 등 논리가 부족한 내 글에 '대중의 눈'과 객관성을 심어주었던 값진 경험들이었다. 다만 여유 없는 아침과 퇴근길 전쟁, 어쩔 수 없이 행해지는 일(내 의지와는 상관없는 일)과, 눈치, 권태, 체념, 한숨, 양면성, 먼지, 담배연기, 냄새나는 화장실, 좁은 공간이 나를 누진 김처럼 흐물거리게 만들었을 뿐이다. 그저 "깊이 생각하면 잘못이라 하고, 의문을 제기하면 주제넘다 하며, 부연 설명하면 쓸데없는 짓이라" 하는 세상과 타협하고 싶지 않았을 뿐이다.

같은 책을 읽고도 수만 가지의 다른 의견들이 나올 수 있다.

그래서 수많은 저자들이 세상에 책을 내놓으면 더 이상 내 것이 아니라고 말하는 것이다. 더 많이 읽고, 버리고, 남기고, 더 해서 '나라면 어땠을까', '그 사람은 그렇게 말했을까', '당신이라면 어떨 것 같냐', '이런 문장을 읽으면 읽고 싶지 않나요' 등의 입체적인 질문을 던지는 게 내가 평생 할 업이다. 책을 제대로 읽을 때야 비로소, 얼굴에 생기가 돋는 게 나라는 걸 매일 거울을 볼 때마다 느낀다. 그러나 언제나 고비는 있는 법. 그럴 때마다 정민 교수의 글을 읽으며 정신을 무장할 것 같다. 그가 강조하는 요행을 바라지 않는 마음은 '오직 독서뿐'인 사람만이 가질 수 있는 최고의 자질이다. 책 한 권을 읽고 사람이 변하는 것도 기적이지만, 매일 읽는 책을 통해 앎에 대한 열정을 꾸준히 유지하는 것만큼 위대한 승리도 없을 것이다.

하고 싶은
말을
하지 못하는
고통

《이 작은 책은 언제나 나보다 크다》
줌파 라히리, 마음산책, 2015

어디까지나 이건 상상에 불과한 일이었다. 말이 통하지 않고 아무도 나를 모르는 곳에서 사는 일 말이다. 이제 미국에 온 지 3주가 넘었다. 한국에서도 그렇게 말이 많은 편은 아니었지만, 쇼핑을 하거나 외식을 하거나 하다못해 안부를 주고받을 때도 말이 반으로 줄었다. 하루 종일 영어방송을 틀어놓고 있어도 평생 써온 한글만큼 영어가 편해지는 일은 요원해 보인다. 이런 나의 마음을 가장 잘 알아줄 이는 (같이 이 광활한 미국에서 살고 있는 고등학교 동창보다) 슬픈 외국어를 글로 표현해놓은 작가들뿐이다. 이번에도 무정한 듯 사랑스러운 에세이를 한 권 다운받아 항공기 결함으로 회항하는 비행기 안에서, 침대 매트리스뿐인 텅 빈 방 안에서 수시로 읽고 있다.

> 이러한 독서가 영어 책을 읽을 때보다 더 친밀하고 강렬하다는 걸 알았다. 왜냐하면 나와 새로운 언어가 만난 지 얼마 되지 않았기 때문이다. 우리는 같은 지역 출신이 아니고 가족도 아니다. 가까이에서 성장하지 않았다. 피 속에, 뼈 속에, 이 언어는 없다. 나는 이탈리아에 매료되었지만 동시에 갑갑증을 느낀다. 이탈리아어는 내가 사랑하

지만 내게는 무정하기만 한 신비였다.

줌파 라히리는 내가 갑갑증을 느끼고 있는 영어를 모국어로 글을 쓰는 작가이다. 그녀는 한순간 이탈리아어와 사랑에 빠졌고,《이 작은 책은 언제나 나보다 크다》를 대단하게도! 이탈리아어로 써내고야 말았다(책 속의 책으로 이탈리아어로 쓴 단편들이 몇 편 담겨 있다). 그녀처럼 하루에도 수십 개씩 튀어나오는 "모르는 단어들은 내가 이 세상에서 아직 모르는 게 많다는 사실을 일깨운다." 나는 전보다 더 소심해졌지만 겸손을 저절로 익히고 있다. 전보다 말이 없어졌지만 그만큼 하루 대부분의 시간을 읽고 쓰고 듣는 데 쓰고 있다. 예전에는 돈이 있었지만 시간이 없었고, 이제는 돈은 없지만 시간이 많다. 24시간을 나를 위해서만 쓸 수 있다.

모르는 게 많아도 나는 아주 활동적이고 열심인 이탈리아어 독자면 족하다. 나는 노력을 좋아한다. 한계가 있는 조건을 더 좋아한다. 무지가 어떤 식으로든 내게 필요하다는 걸 안다.

이 책은 그 어떤 영어책보다 내게 더 많은 자극을 준다. 밑줄을 긋지 않은 페이지가 없을 정도이다. 단어와 문장들은 뇌 속에 들어온 것 같았는데, 당연히 당장 필요할 때마다 입 밖으로 나오지 않는다. 내가 알던 쿠폰은 그냥 '쿠폰'이 아니라 '쿼폰coupon'이었고, 장르는 '장르'가 아니라 '쟌러genre'에 가깝게 발음해야 하고, 흑인 종업원의 특유의 발음은 칼새보다 빠르게 들린다. 그래도 말하는 것보다 책을 읽거나 자막을 읽는 건 그나마 좌절감이 적다. 몇 권의 소설을 원서로 사 읽다가 속도가 붙지 않아, 다시 줌파 라히리 품으로 금세 돌아온다. 그녀는 어떻게 낯선 이탈리아어로 일기를 쓰고, 에세이를 쓰고, 단편소설까지 쓰게 되었을까. 노력을 좋아하는 그녀이기에 가능했던 일이다.

너무 오랫동안 노력을 쉬어왔다는 생각이 든다. 물론 나는 매일 출근을 하고, 메일에 답장을 쓰고, 말이 안 되는 원고를 말이 되게 고쳤고, 일요일마다 포스팅을 하기 위해 책을 읽었고, 남편과 여행을 다녔고, 시집 식구들과 저녁을 먹었다. 그저 간절함이 부족했을 뿐이다. 서점에서 수많은 책들이 '너무 노력하지 말아요', '당신은 충분히 열심히 하고 있어요', '미움 받아도 괜찮아요'라고 위로하고 있지만 사실 우리는 노력하지 않으면 한 발짝도 앞으로 나아갈 수가 없다. 이불 속에 웅크리고 있으면 아무도 내게 일을 주지 않았다. '아무것도 하지 않을 자유'는 무슨 일이든 열심히 했을 때 주어진다. 생각하지 않고 살면 노력하는 사람들에게 내 생각을 100% 내주게 된다. 입을 열지 않으면 영어회화는 1%도 늘지 않는다.

창작이라는 관점에서 봤을 때 안정감만큼 위험한 것은 없기 때문이리라. 자유와 제한 사이에 어떤 관계가 있을까 나 자신에게 묻는다. 왜 감옥이 천국과 다름없을 수 있는지 나 자신에게 묻는다.

모국어가 주는 안정감은 압도적이다. 영어로 말하려는 순간, 나도 모르게 한국어로 말을 하고 있다. 편집자와 어설픈 작가로 경력을 쌓은 나도 한국어가 아직 어렵다. 그러니 영어가 완벽히 편안해지는 삶은 이번 생에선 글렀다. 다만, 나는 한국어가 아닌 다른 언어로 나의 이 절박함을 표현해보고 싶다. I just want to express my mind in English. 내 자신을 다른 언어로 이해하고 싶다. I want to understand myself as a foreign language. 똑같이 찍어대는 책들에게 질렸던 나에게 이보다 좋은 절망은 없을 것이다. 이 땅에 내가 존재하고 있다고 표현할 수 있는 방법이 하나 늘었다고 생각하니, 가늠할 수 없는 포만감이 느껴진다.

불필요한
쇼핑을
줄이는
심플한 삶

《소비를 그만두다》
히라카와 가쓰미, 더숲, 2015

지금은 다르다. 여유를 부리면서 일어나도 되고, 동료들과 차린 카페에서 커피를 마시며, 걸어다 닐 수 있는 집 근처 사무실에서 일을 한다. 일이 끝나면 어깨에 수건 한 장을 걸치고 동네 목욕탕 에 들른다. 집에 오면 소박한 음식을 먹고, 책을 읽고, 그리고 잠자리에 든다. 목욕비 450엔은 들 지만 집에서 쓰는 수돗물 대신이라 여길 만하다. 요즘은 돈이 안 나간다. 정확히 말해 돈을 쓰기는 하지만 소비의 방향이 완전히 바뀌었다. 상품 진 열대를 탐색하다 소유욕이 일어 일단 사고 보는 일이 사라졌다. 왜냐하면 진열대에 눈길을 안 주 기 때문이다. 예전에는 장보기가 귀찮아서 한꺼 번에 많은 양을 구매한 탓에 식품을 썩혀버리기 일쑤였지만 지금은 필요한 때 필요한 만큼만 사 게 되었다. 일터와 주거지가 가까워져 불필요한 쇼핑을 둘인 만큼 음식이지 않아도 되는 시간이 늘었다. 일상의 리듬은 일정해졌고 정상 경제적 삶이 가능해지자 이 변함없는 나날이 신기하리만 치 신선하게 느껴진다.

내 일상은 시내한복판으로 직장을 옮기면서 급격히 변화했다. 회사근처인 명동-을지로-광화문-시청으로 이어지던 소비는 돈이 어디로 사라지는지도 파악하지 못할 만큼 확장되었다. 담당하던 책의 마감을 끝내면 백화점으로 달려갔고, 인터넷의 쇼핑몰 즐겨찾기는 늘어만 갔다. 밤에는 눈에서 눈물이 날 정도로 인터넷 검색을 하다가 잠들었다. 소비를 하기 위해(카드값을 갚기 위해) 돈을 번다는 선배들의 말에 혀를 차기보다 동조하기까지 했다. 다 이런 거 사자고 돈 버는 거죠! 아무렴, 그렇고말고. 이런 재미라도 없으면 우리가 어떻게 월요일을 견디겠어요.

새 코트와 스커트, 구두가 쌓여만 가고 있던 어느 날. 이름 없는 소비자로만 머물고 있는 내 자신을 발견했다. "나조차도 소비화는 병폐이고 문제라고 이야기하지만 사실 그것은 스스로 원했던 것이다." 완벽히 소비를 그만둘 수는 없었지만 《소비를 그만두다》, 《시골 빵집에서 자본론을 굽다》, 《두 남자의 미니멀 라이프》와 같은 책들을 찾아 읽으며 조금씩 불필요한 소비를 줄이게 되었다.

광화문을 가득 채우던 출입증 카드를 목에 맨 직장인들. 한겨 울에도 스타킹 한 장에 다리를 감싸고 또각거리는 하이힐을 신고, 명품 가죽 가방을 하나씩 들고 종종 걸음으로 걷던 여자들. 나 역시 자신감이 필요한 날엔 (다리도 약하고 차도 없는 주제에) 높은 굽의 신발을 신고 힘겹게 지하철을 오르내리곤 했다. 하지만 지금은 세상에서 가장 편하고 부드러운 신발만 신는다. 마스카라를 바르지 않는다. 그동안 보고 만져보았던 패션노하우를 발휘해 매일 다른 옷을 입지만, 몸에 너무 꽉 끼는 옷은 자제한다. 가죽 가방도 크로스로 멜 수 있는 것만 들고, 에코백 하나만 들고 나갈 때도 많다. 내가 편하지 않으면, 아무리 비싼 것도 진정한 내 것이 될 수 없다.

이십대에는 누구나 '잘 나가는 커리어우먼'을 꿈꾼다. 첫 직장과 두 번째 직장 모두 직원 수가 꽤 많은 중견기업을 다녔던 나는 명함을 내밀 때마다 어느 정도 '누구나 알 만한 회사'를 나닌나는 사부심노 가셨던 것도 같다. 별거 아닌 복지 혜택들이 간절했던 시절이었다. 그러나, 구성원이 행복하지 않은 회사는 나를 병들게 할 수 있다는 것을 너무 늦게 깨달았다. 무의미한 숫자를 앞에 두고 무한경쟁하는 구조에서 스스로 성장하는 것이라는 '구호'를 당연하게 받아들였다. 남의 것을 시샘하고, 나의 것과 비교하는 이들에게 나의 자유를 내주었다.

아침 출근길이 설레지 않으면 그만두겠다고 자신 있게 말했지만, 여러가지 이유로 쉽게 그만두지 못했다. 갚아야 할 돈이 있었고, 유지해야 할 생활이 있었다. 월급을 포기하면 포기해야 할 것들이 너무 많아 보였다. 무엇보다 명함 없는 삶이 두려웠다.

최근에 디자인 사무실 외근 때문에 자주 다녔던 서촌 부근 효자동 '작은 회사'에 직장을 잡았다. 집에서 버스로 30분 거리에 있는 햇빛 가득한 사무실로 출근해서 만들고 싶던 잡지를 만든다. 앞으로 여러 인터뷰를 쫓아다니려면, 더 건강해져야 한다. 자극적인 음식보다는 기본에 가까운 음식들로 몸을 채우고, 물을 더 자주 마시고 순수하게 오직 텍스트, 이미지만으로 책을 판단하고 비싸도 가치 있는 상품만 사고, 시장에 조종당하지 않는 삶을 선택해야 한다. 줄어든 수입은 현명한 소비로 극복할 수 있을 것이다. 손으로 직접 만들 수 있는 것들에 대한 이야기도 책으로 묶을 것이다. 돈의 노예가 되지 않고 행

복하게 일하는 사람들을 찾아 나설 것이다. 마지막으로 이 책
에서 밑줄 그었던 문장을 적어본다.

> 이제 사람들은 나쓰메 소세키나 모리 오가이, 나
> 가이 가후 같은 지성의 저서는 거의 읽지 않는다.
> 깊이 있는 깨달음은 담고 있겠지만 즉시 효과를
> 발휘하는 유익함과는 거리가 멀다는 것이 그 이유
> 다. 그들의 책은 무언가를 위한 매뉴얼이 아니다.
> 하지만 그 무엇을 위한 책이 아니라 해도 중요한
> 내용을 담고 있다. (…) 유익성만이 인간 사회를
> 풍요롭게 만드는 것은 아니다. 무익하더라도 아니, 지금 당장에는 무익하더라도 사람이 성장하기
> 위해서는 필요한 자양분이라는 것이 있다.

책과 관련된 모든 일들은 길게 할 일이다. 서두르지 말자.

창작의 비결

"결코 완성되지 않는 작품은 졸작에 불과할 것임
을 우리는 알고 있다. 하지만 설사 그렇다 해도
아예 시작도 하지 않은 작품보다 더 졸작일 수는
없다! 완성된 작품은 최소한 탄생이라도 했다. 분
명 대단한 명작은 아닐 것이나 그래도 노쇠한 내
이웃여자의 유일한 화분에 심어진 화초처럼, 초
라하게나마 살아가고는 있는 것이다."

_페소아 《불안의 서》 중에서

최소한 이렇게 탄생이라도 했으니 평생 졸작은
면한 셈이다. 그러니 계속 쓰자. 페소아의 자서전
같지 않은 자서전이 막연한 질투의 감정을 일으
키지 않으면서 신기하게 창작욕구를 끌어올린다.
글 쓸 거리가 정말로 없다면, 문학적인 용어로,

"어제의 나였던 것에 대해 이야기한다"로 시작하
는 글을 한 번 써보라. 보조회계원이었던 페소아
의 별 볼 일 없는 일상도 상상조차 할 수 없을 정
도로 문학적이니 그의 글을 참고하도록.

Monday's sentences

03

슬픔이
오려 하면,
일을 한다

아내이기 전에,
엄마이기 전에
여자이고
싶을 때

《걸 온 더 트레인》
폴라 호킨스, 북폴리오, 2015

이제 여름도 거의 끝나가는 듯하다. 여전히 낮엔 더워서 걸어다니는 것이 힘들지만, 밤에는 가을 냄새가 조금씩 난다. 내가 제일 좋아하고 아끼고 붙들고 싶은 이 계절이 가는 것이 아쉬워 일부러 밤에는 나가서 걷다 들어온다. 산책길에 불 켜진 집들을 관찰하는 것도 내 산책의 큰 재미 중 하나이다. 지하철보다 버스를 즐겨 타는 것도 바깥 풍경을 볼 수 있어서다.

나는 창에 머리를 기댄 채, 레일 위로 카메라를 움직여 찍은 영화 장면처럼 휙휙 지나가는 집들을 구경한다. 나 같은 방식으로 그 집들을 보는 사람은 아무도 없다. 집주인들마저도 이런 식으로 자기 집을 보지는 않을 것이다. 나는 하루에 두 번 아주 잠깐 그들의 삶을 엿본다. 내가 모르는 사람들이 자신들의 집에 아무 탈 없이 있는 모습을 보면 왠지 마음이 편해진다.

기찻길 옆집들을 구경하는 것이 일상인 여주인공이 있다. 그녀의 이름은 레이첼. 제목에도 기차가 들어가는 소설 《걸 온 더 트레인》은 사실 주인공이 따로 있지 않다. 알코올중독자 관찰녀 레이첼, 레이첼이 자기 멋대로 동경하는 메건, 레이첼 전 남편의 현재 부인인 애나. 이렇게 세 명의 화자가 차례차례 이 야기를 이끌어간다. 이 소설을 수식하는 화려한 말들(가령, '6초 마다 팔린 초대형 베스트셀러')이 거짓이 아니었다. 시간 가는 줄 모르고 읽다가 미팅 가는 길에 내릴 정거장을 놓칠 뻔 했으니 말이다. 끝이 궁금해서 장면 장면을 빠르게 지나갔는데, 이 글 을 쓰기 위해 다시 읽으니 각 인물이 같은 곳을 서로 다른 시 선으로 바라보는 것이 꽤 흥미롭다.

'행복한 결혼 생활'은 달성하기 힘든 과제라 끊임없이 소설 속 소재로 등장해 우리를 긴장시킨다. "이렇게 그저 한 아내로 살 아갈 순 없다. 어떻게 그럴 수 있을까? 기다리는 것 말고는 아 무것도 할 일이 없는데, 남자가 집에 돌아와 사랑해주기를 기 다리는 것밖에. 아니면 기분 전환할 거리를 찾거나." 메건의 이 독백은 세 여성 화자를 모두 보여주는 중요한 단서가 된다.

그저 한 남자의 아내로만 살아갈 수 없다고 생각한다. 그러나, 삶은 언제나 나를 배신하기에 기꺼이 집안일을 주로 하는 주 부로 살 준비를 한다. 더불어 한 아이의 엄마로 살 준비도 한다. 혼자 있는 건 누구보다 자신 있지만 내가 나 자신을 잃어 갈까봐 겁이 난다. 소설은 불임, 불륜, 알코올중독, 우울증, 살인 등 한 여자가 인생에서 경험할 수 있는 최악의 순간을 솜씨 좋게 조각해간다. 남의 집 잔디가 더 푸르게 보이는 건 당연하고, 보이는 것과 달리 메건의 삶도 비참한 레이첼과 다를 바 없었다. 다만, 알코올중독자인 레이첼은 자신의 기억을 믿을 수 없다. 뭔가가 보일 듯하다가 사라지고, 어떤 말이 들릴 듯하다가 저만치 달아나버린다. 《나를 찾아줘》와 자주 비교되는 《걸 온 더 트레인》은 조금 더 섬세한 작품이라고 할 수 있다.

> 인생에 난 구멍들은 영원히 채워지지 않는다. 콘크리트를 돌아 뻗어나가는 나무뿌리처럼, 우리는 그 구멍들을 피하면서 계속 살아가야 한다. 구멍들 사이의 틈에 자신을 맞춰 가면서. 이 모든 걸 알고 있지만 난 입 밖에 내지 않는다.

영원히 채워지지 않는 구멍 때문에 철저히 망가지는 기분이 무엇인지 잘 안다. 그 무기력과 자괴감이 싫어서 일부러 집에서도 깔끔히 씻고 선크림도 바르고 제대로 입고 지낸다. 땅끝까지 기분이 다운되는 날이면 밖에 나가 걷는다. 걷다가 지치면 카페에 들어가 책을 읽는 게 나의 유일한 심리치료다. 책을 읽을 기운도 없는 날엔 이미 여러 번 본 〈우리는 사랑일까〉나 〈리틀 포레스트〉, 〈보이후드〉, 〈프란시스 하〉 같은 외국영화를 배경 삼아 틀어놓는다. 레이첼과 메건, 애나는 어쩌면 서로 닮아있다. 남자에게 기대어 사는 것에 대한 불안감이 그녀들을 하나로 묶어둔다. 레이첼 그녀가 술을 다시 찾게 된다면, 그건 분명 결코 채워지지 않는 구멍에 집착했기 때문일 것이다. '갈 곳이 있는 정상적인 여자처럼' 사는 것에 대해 많은 생각을 하게 만드는 책이다.

월요일마다 파주로 출근하면서 수많은 사람들을 스쳐 지나간다. 이제는 자주 못 볼 풍경들을 눈 속에 담아둔다. "내 옆을 지나가는 사람들, 배낭을 메고 달리며 마라톤 훈련을 하는 두 남자, 검은 치마에 흰 운동화를 신고 가방에 구두를 넣어 출근하는 젊은 여자"들을 보면서, 나는 어떤 작품을 떠올리게 될까. 아니면 직접 쓰게 될지도 모르겠다. 지긋지긋한 출퇴근길을 그리워하게 될지도 모르겠다. 자동차 없이는 살 수 없는 그곳에서 따뜻하고 안전한 집을 위해 내가 할 수 있는 '최선의

일'을 찾을 것이다. 아내이기 전에, 엄마이기 전에 책을 만들고
글을 쓰던 내가 흐려지지 않도록 온힘을 다해 힘껏.

슬픔이
오려 하면
글을
쓴다

《글쓰는 여자의 공간》
타니아 슐리, 이봄, 2016

그녀는 매일 아침 9시 15분부터 12시 30분까지 파리 집 근처의 카페에 가 있었다. 레바논 사람들이 즐겨 찾는 시골벅적한 카페로, 때로는 무슨 말인지도 알아들을 수 없는 언어들이 사방에서 들리는 곳이었다. 그녀는 그곳의 구석 자리에 앉아 담배를 피우며 공책에 글을 썼다. 그녀의 작품 대부분이 이곳에서 탄생했다….

"글을 쓰는 건 어려운 일이다. 그것은 허공에 뛰어드는 일과 흡사하다. 카페에서라면 쉽게 뛰어들 수 있다." _사로트

《글쓰는 여자의 공간》은 주제와 형식이 평이한 책이지만, 여성 작가 35인의 작업 공간과 함께 작업 습관들을 한데 모아놓고 볼 수 있어 소장가치가 있는 책이다. 집에서 혹은 카페에서, 전쟁터에서, 기차 안에서 쉴 새 없이 무언가를 쓰는 작가들의 숭고한 열정이 가득하다. 수전 손택이나 프랑스와즈 사강, 마르그리트 뒤라스, 실비아 플라스, 시몬 드 보부아르, 버지니아 울프 등은 내가 거의 스토커 수준(?)으로 알고 있어서 복습하는 기분으로 읽었다. 여러 번 봐도 그들의 사진 속 모습

은 멋스럽다. 영화 〈캐롤〉로 재평가받고 있는 퍼트리샤 하이
스미스의 이야기도 반갑다. 이 책을 통해 새롭게 반한 작가가
있는데, 책에 실린 그녀의 사진은 영화배우라고 해도 믿을 법
한 분위기를 풍긴다. 토마스 만이 '타락한 천사'라고 부른 슈바
르첸바흐. 그녀의 작품을 한 번도 읽어본 적은 없지만 작가 생
애 자체가 드라마틱해서 오래 기억에 남는다.

작가이자 저널리스트, 그리고 사진 작가였던 슈바르첸바흐
는 스위스 취리히에서 태어났고 또한 그곳에서 죽었다. 그녀
는 아홉 살부터 글쓰기를 시작했다. 권위적인 어머니의 통제
를 벗어나 자신의 감정을 마음껏 표현할 수 있는 광기가 담긴
글을 쓰려고 노력했다. 평생 모르핀 중독에서 헤어나지 못했
지만, 세계 여행을 하며 3백 쪽에 달하는 여행 기록과 소설, 시,
편지, 서평을 남겼다. 토마스 만의 자식들인 에리카 만, 클라우
스 만과 긴밀한 관계(셋 모두 동성애적 성향)를 유지하며 삶의 마
지막까지 (글로 세상을 견디는) 희망을 버리지 않았다. 책에 실린
35명의 작가 중 삶과 죽음이 가장 강렬했다.

그녀들은 하나같이 글을 쓸 수 있는 곳이라면, 어디서든 혼자

아무런 문제없이 살 수 있는 사람들이다. 튼튼한 타자기를 벗삼아 혹은 여리지만 야무진 손으로 꾸준히 글을 써 내려간다. 글을 쓰는 순간에는, 외로움과 고독은 이미 그들의 것이 아니다. 여성 혼자서는 카페에도 드나들지 못했던 시대에 돈 때문에 글을 썼던 조르주 상드는 이런 글을 남겼다.

> "슬픔이 밀려오려 하면 나는 글을 쓴다. 글을 쓸 때면 나는 모든 것을 잊어버린다."

이제 글을 쓰지 않는 삶은 상상조차 할 수 없다. "친구, 사람들과의 만남, 여행도 그보다는 중요하지" 않다. 글을 쓰는 건 분명 고된 작업이지만, 이 세상에서 가장 근사한 일이라는 걸 글로써 사진으로써 증명하는 책이다.

창작의
고통은
뮤즈에게
맡기자

《데이빗 린치의 빨간방》
데이빗 린치, 그책, 2008

울화와 슬픔은 소설 속에서는 아름다운 것일 수 있다. 그러나 그것은 예술가에게는 독과 같다. 울화와 슬픔에 사로잡히면 당신은 침대에서 일어나기도 귀찮아진다. 창조적인 아이디어가 흘러넘친다는 것은 기대할 수도 없다. 따라서 창의적이고 싶다면 먼저 명확하게 볼 수 있어야 한다. 그래야만 아이디어를 낚아챌 수 있다.

김영진 영화평론가의 추천사를 보고 덥석! 잡아든 책. 폴 오스터의 《빨간 공책》이 연상되면서 존 버거의 《글로 쓰는 사진》도 함께 떠오르는 책이다. 위에 인용한 구절은 내가 요즘 느끼는 몸의 신호와 정확히 일치한다.

언제부턴가 책읽기, 글쓰기가 일이 되면서 고통 속에서는 절대 이 일을 계속 할 수 없겠구나 싶었다. 어릴 땐 소설가라면, 곧 예술가라면 의딩히 딤배를 피우며 오만가지 인성을 찌푸리고 고뇌해야 한다고 막연히 상상했었다. 고통과 우울만이 내 창작의 원천이라는 듯이 어설픈 한숨을 전시하며 살았다. 하지만 예술은 무엇보다 고통보다는 '일하는 즐거움'으로 해야 하는 것이다. 조금 피곤하지만 쾌적한, 첫 새벽의 기쁨을 맛봐야 한다. 인물들은 충분히 고통스럽게 만들지만, 그 고통을 지휘하는 나는 즐거워야 한다.

> 영화작가는 고통의 지휘자이지, 고통의 체험자가 아니다. 고통당하는 일은 영화 속 인물들에게 맡겨라. 고통을 당할수록 그는 자신의 일을 덜 즐기게 되고, 정말로 좋은 작품을 만들 가능성도 줄어들게 마련이다. 어떤 이는 고통에도, 또는 그 고통 때문에 위대한 작품을 남긴 예술가로 빈센트 반 고흐를 들 것이다. 나는 반 고흐가 자신을 괴롭혔던 주변 일들로 제약받지 않았더라면, 매우 훌륭한 그림을 더 많이 그렸으리라 생각한다. 고통이 그를 위대한 예술가로 만들었다고는 믿지 않는다. 그가 자신의 그림을 보면서 나름의 행복을 느꼈을 것이라고 믿는다.

데이빗 린치의 컬트 영화는 폭력적이다. 하지만 그것은 어디까지나 신성한 노동 끝에 행복한 감독이 지휘한 공간이다. 반

고흐에 대한 해석을 보면 그의 '빨간방'이 마티스의 '빨간벽'만큼 독창적이라는 걸 알 수 있다. 이 책은 굉장히 쉬운 문장으로 이루어져 있지만 운문처럼 어떤 리듬이 있다. 명확한 강단이 느껴지는 생활의 문장들은 그의 초월명상법에서 오는 듯 하다. 그리고 영화 제작이라는 것이 천재들만 하는 '대단한 것'이 아니라 대부분 상식선에서 이루어진다는 놀라운 사실!도 새롭게 알게 되었다. 데이빗 린치는 조용히 망치를 두드린다. 이것이 상식이라고, 예술은 멀리 있지 않다고. 당신이 타고 왔던 지하철이나 버스에도 예술은 가득하다고 말이다.

책을 읽으면
정말
쌀이
나올까

《밤은 고요하리라》
로맹 가리, 마음산책, 2014

하루 여덟 시간은 사무실에서, 두 시간은 오고가
는 길에서 보내니 이건 삶의 테마가 아니라 장례
식이지. 난 이런 집단을 이미 여럿 아네. 아니면
우연히 만났거나. 그들이 느끼기에 나한테는 문
화와 예술이 단지 바라보거나 읽는 방식이 아니
라 살아가는 방식처럼 보였던 모양이야. 그들은
자기들의 삶을 재료로 삼은 예술 장인이 되기를
꿈꾸지. (…) 인간이 밥벌이에 종속된다는 건 참
으로 끔찍한 일이야. 인간을 출근부로 전락시키
는 일이지.

두 번째 책을 출간하고, 모 여대의 영자신문사 친구들과 저자
인터뷰를 했었다. 내 글을 어릴 때부터 읽어왔다면서 초롱초
롱한 눈으로 인터뷰를 하는 모습을 보니 저절로 엄마 미소를
짓게 되었다. 블로그를 오랫동안 운영해오다 보니 고등학교
혹은 대학교 때부터 내 블로그를 애독해오던 친구들이 하나둘
사회인이 된 모습을 지켜볼 수 있다. 이 말은 즉, 아직 한참 배
워야 할 것투성이인데 자꾸 나에게 책이나 혹은 직업에 대한
'답'들을 물어오기 시작했다는 것을 의미한다. 요즘은 블로그

도 스펙 쌓기 차원에서 운영한다고 하는데, 2000년대 초반 블로그는 그저 미니홈피의 확장판이었을 뿐이다. 스팸쪽지 하나 없이 그토록 순수했던 시절이 있었다.

학창 시절, 나는 그저 수학보다 국어가 좋았던 평범한 학생이었다. 그러다 뒤늦게 (아니면 너무 일찍인가) 이성에 눈을 떠 연애편지도 많이 쓰고, 내 마음과 같은 시와 소설을 찾아 읽다보니 어느새 국문학과 학생이 되어있었다. 찬란하게 멋없던 재수시절, 휴식시간은 언어영역 문제집 풀기로 채웠고 처량하게 돈이 없던 대학 시절엔 갈 때라곤 도서관밖에 없어서 그곳에서 죽 치고 앉아있었다. 그곳에 있으면 친구 없는 나의 하루가 무척이나 짧게 느껴졌다. 외로움을 많이 타 주변 사람들을 꽤나 괴롭혔는데, 다행히 책이 있어 여러 만행들을 줄일 수 있었다.

이렇게 재미없는 내 인생도 책과 함께라면 조금은 특별해지곤 했다. 좀 '있어 보이고' 싶어서 시작한 기호학 공부를 통해 롤랑 바르트와 자크 라캉과 같은 매력적인 프랑스 철학자들의 책을 알게 되었다. 영화를 하나 이야기할 때도 '욕망 이론'을 조금 양념처럼 덧붙이면 남들과 다른 글을 쓸 수 있었다. 라캉이 프로이트의 욕망을 욕망했듯이 나는 라캉의 욕망을 욕망한 지젝과 권택영의 글을 욕망했는지도 모른다. (내가 쓴 문장을 나도 이해하지 못할 때도 많았다) "더 모호하고 더 다의적일수록 더 좋은 것이다"라는 라캉의 말을 벗 삼아 더욱더 나는 어려운 글들을 읽어 내려갔다. 언젠가부터 니체의 《차라투스트라는 이렇게 말했다》는 내 가방 속 ―두껍고 무거운― 애물단지가 되어 있었다.

발랄한 캠퍼스에서 우울한 얼굴을 하고 상상계와 상징계, 실재계에서 초인과 함께 허우적거리던 어느 날 무라카미 하루키, 무라카미 류, 에쿠니 가오리, 츠지 히토나리, 요시모토 바나나 등 이름도 이국적인 일본소설가들의 책 무더기 속에서 한줄기 빛을 보았다. 이토록 세련된 감성이라면 메마른 내 가슴도 거부감 없이 받아들일 것만 같았다. 멋들어진 문장과 라이프 스타일을 보여주는 그들에게 자극받은 나는 손발이 오그라들 것 같은 "그거 아니, 너에게 전화하기 싫어 책을 읽는다는 거…"와 같은 제목으로 시작하는 글들을 밤마다 쏟아냈다. 가난함도 패션이 될 수 있었던 시절. 제대로 중2병에 걸렸던 시절이지만, 그때가 그리운 이유는 아무런 기준 없이 아무 책이나 '함부로' 읽을 수 있었던 시간적 여유와 무식함, 무한한 호기심 때문이다. 그것들마저 없으면 나는 정말 '아무 것도 아닌 먼지'와 같은 존재였기에….

어떤 날은 800번대 서가에서 하루를 보내고, 어떤 날은 100번대 서가에서 만원을 줍고, 또 어떤 날은 간행물실 문예지에서 소설가 김영하와 김애란을 발견했다. 남자친구를 만나 무라카미 하루키의 신작 소설을 두 권씩 사고, 그 남자친구를 군대 보내고 알베르 카뮈, 장 그르니에와 진한 (문학적) 연애를 시작했다. 단순히 책이 좋아 듣게 된, 출판 마케팅 수업에서 첫 직장과의 연을 맺었고 어쩌다 보니 대학졸업 후 쭉 책을 만들고 쓰면서 밥벌이를 하고 있다. 요샌 책을 읽고 글을 쓰면 쌀값 정도는 벌 수 있다.

여전히 '가장 좋아하는 작가가 누구에요'란 질문이 가장 난감하고, '어떻게 하면 글을 써서 먹고 살 수 있지요'란 질문에 쉽게 절망한다. 나는 피와 살, 책으로 이루어진 인간이라 할 줄 아는 거라곤 이렇게 글을 쓰거나 책을 읽고 만드는 것밖에 없다. 평생 할 일이라고 생각한 다음부턴 좀 여유가 생겼다. 인

정받기 위해 조급해하지 않기로 했다. 더 많이 읽고 쓰기 위해
잠을 줄이지 않기로 했다. 느리게 살기 위해 책은 더 천천히
읽기로 했다. 이 모든 여유로움은 밥과 술 대신 먹어치운 책
속 문장들 덕분이다. 하루가 멀다 하고 빌리고 무겁게 들고 다
녔던 책들의 무게는 시간이 지날수록 내 어깨를 가볍게 만들
어준다. 돈은 없고 시간은 많아 읽기 시작한 책이 돈과 여유를
가져다주었다는 이 별것 없는 이야기. 천식을 앓던 소년은 세
계적인 수영 선수가 되고, 평발이었던 소년은 한국 최초의 프
리미어 리그 선수가 되었다는 위인전 같은 이야기를 하려던
것은 아니었다. 그저 명문대 타이틀에 기대지 않고 내가 동창
들과 조금 다른 삶을 살게 된 유일한 밑천은 책뿐이었다고 말
하고 싶었다. 앞으로의 인생도 잘 부탁한다. 의미 있는 종이뭉
치들아.

나를 위한
선물이
나를
병들게 했다

《나는 단순하게 살기로 했다》
사사키 후미오, 비즈니스북스, 2015

10년 전, 나는 어떻게 해서든 출판 일을 하고 싶
었다. 돈이나 물건이 아닌 가치관을 다루는 일을
하고 싶다는 게 그 이유였다. 하지만 변하지 않을
것 같던 초심은 일을 시작한 후 조금씩 빛이 바래
갔다. 사양길에 들어선 출판업계에서 살아남으
려면 일단 잘 팔리는 책을 만들어야 했다. 그렇지
않으면 아무리 좋은 책을 내고 싶어도 애초에 책
만드는 것 자체가 불가능해진다. 그런 상황을 겪
으며 나는 서서히 '어른'이 되어갔다.

'나는 ~하기로 했다'류의 제목이 베스트셀러 순위에서 자주
보였다. 이 책도 그 중에 하나였다. 우연히 언니가 카톡으로
보내준 링크를 통해 본 미니멀리스트의 방은 꽤 인상적이어서
그의 책을 찾아 읽게 되었다. 저자는 "나는, 쓰레기였다!"고 자
극적으로 고백한다. 마음에 들어서 샀던 옷들, 중간에 때려치
운 취미 용품들, 가메라, 영이회화 교재, 안 읽은 책들   . 그는
물건들을 버리지 않고 모두 쌓아 놓고 살면 추억도 고스란히
자신의 것이 될 것이라 믿었다.

물론, 나도 '쓰레기였다.' 지금은 스팸처리 되고 있는 각종 쇼핑몰 광고메일, 수시로 찾아들어갔던 인터넷 쇼핑사이트들, 아직도 날아오는 카톡 플러스 친구의 쿠폰과 이벤트 문자들(모조리 블록 처리했다)이 그 사실을 잊지 않게 해준다. 직업적 고민과 남자친구와의 갈등, 가족불화가 가득했던 일기장 곳곳에 적힌 내 쇼핑리스트도 나를 부끄럽게 한다. 나는 꼬박꼬박 월급의 대부분을 '나를 위한 선물'로 채우고 있었다. 결혼을 앞두고 서는 돈이 들어오기가 무섭게 통장을 비워갔다. 저자처럼 잡지에서 봤던 그릇과 소품들이 나를 영원히 행복하게 만들어줄 것이라 굳게 믿었다.

고된 출퇴근길, 택시 아저씨의 횡포, 말도 꺼내기 힘든 무거운 공기의 사무실, 밀린 집안일과 가족과의 잦은 식사로 날아간 내 주말. 그래도 꼬박꼬박 건강보험료도 해결되고, '아름다움에 대한 욕망'을 충족해줄 물건들을 사기 위해 직장에 나갔다. 나는 정말이지 사고 싶은 게 너무 많아서 돈을 열심히 벌고 싶었다. 좁은 신혼집은 레고와 각종 화분들, 의자, 책들로 발 디딜 틈도 없어졌다. 해외이사를 오면서 반강제적으로 나는 미니멀리스트가 되었다. 그렇게 많이 버리고, 많이 놓고 왔는데도 컨테이너 포장이사를 할 수밖에 없었다. 각종 주방용품들과 나의 옷, 가방, 신발들 때문이었다. 당장 자주 신을 신발들만 담았는데도 삼단짜리 신발 트레이를 살 수밖에 없었다. 어딜 그렇게 가고 싶었는지 책만큼 부지런히 사 모은 신발들이다.

"소중한 것을 소중히 하기 위해 소중하지 않은 물건을 줄인다. 소중한 것에 집중하기 위해 그 외의 것을 줄인다." 저자가 정리한 미니멀리즘의 정의다. 물론 나는 저자처럼 극단적으로 물건을 줄이진 못했다. 집에서 요리를 많이 하니 필요한 것들이 생길 수밖에 없다. 하지만 자연스럽게 한국 사이트들(스마트폰 결제는 쉬워도 너무 쉬웠다. 버스에서도 '실시간 쇼핑'을 했으니 말이다)과 멀어지고 차가 없으면 동네 마트조차 갈 수 없는 환경에서 정말 필요한 것들만 아마존 사이트를 이용해서 사게 되었다. 회사를 나가지 않아도 되니, 새 옷을 살 필요도 없다. 꽂히면 바로바로 샀던 한국어 책도 살 수 없으니 전자책으로 겨우 만족하고 있다. 책이 별로 없으니 깃고 있는 책을 여러 번 읽는다. 책장도 4칸만 써도 남고, 식탁 의자가 책상 의자가 되기도 한다. 있으면 있는 대로 없으면 없는 대로 사는 데 익숙해지고 있다.

미래를 예측할 수 있는 동물은 인간뿐이지만 사실 인간이 예측할 수 있는 미래의 사정거리는 매우 짧다. 이것이 바로 계속해서 싫증을 내면서도 물건을 사는 이유다. (…) 대체 우리는 어떤 목적으로 필요하지도 않은 물건을 그렇게 많이 소유하려는 걸까? 그렇게까지 해서 물건을 갖고 싶은 이유는 무엇일까? 결론부터 말하자면 '자신의 가치를 알리려는 목적'을 위해서다. 우리는 물건을 통해 자신의 가치를 누군가에게 알리려고 애쓰고 있다.

나를 위한 선물이라고 정의 내렸지만, 사실 집에만 있다면 그리고 SNS에 아무런 사진도 올리지 않는다면 새로운 물건은 많이 필요 없다. 나를 위해 샀던 그 가죽 가방은 사실은 남들에게 "나는 이 정도의 취향과 능력을 가지고 있어요"를 알리기 위함이었다. 나를 위해 부리는 작은 사치라 여겼던 명품화장품 립스틱과 파우치도 마찬가지다. 그것을 공공장소에서 꺼내들 때의 뿌듯함이 분명 컸던 것이다. 자기계발적 요소도 다분히 있는 이 책에선 이러한 심리를 다음과 같이 정리한다.

> 아무리 고독해 보이는 사람이라도 어딘가의 누구
> 라도 좋으니 자신을 봐주길 바랄 것이다. 타인이
> 라는 거울을 통하지 않고서는 자신의 모습조차
> 볼 수 없는 것이 인간이다.

아무리 고독과 침묵이 나를 살리는 치유제라고 해도, 쉽게 보이지 않는 내면과 달리 내가 쓰는 물건들은 매우 빠르게 나의 가치를 알릴 수 있어 좋았다. 지금도 나는 새로운 커피잔 세트를 갖고 싶다.(사봤자 몇 번 쓰고 여러 번 사진 찍고 나면 찬장으로 들어갈 것이다.) 아직 읽을 책이 많이 남아 있지만 새로운 예쁜 표지의 책을 사고 싶다.(책을 꽂을 책장이 없어서 바닥에 내려놓아야 할 것이다.) 단독자의 삶과 달리 나는 2인분의 인생이라 짐이 두 배지만, 남편은 워낙 물건 욕심이 없어서 나만 물욕을 버리면 우리 집은 더욱 단순해질 것이다. 책의 뒷부분에 부록처럼 실린 '인생이 가벼워지는 비움의 기술 55'는 실행할 수 있는 것만 취하면 좋을 듯하다. 특히 "물건 씨의 집세까지 내지 마라", "마트를 창고로 생각하라"라는 교훈은 전·월세난을 겪고 있는 우리나라 청춘들에게 따끔하면서 따뜻한 위로가 될 듯싶다.

침실에 있는 물건이 줄었다고 해서 내 하루의 만족감이 줄어드는 것은 아니었다. 오히려 침대와 협탁, 화장대, 빛과 어둠뿐인 침실에서 더 달디 단 꿈을 꾼다. 벽시계, 액자 하나 없는 벽면 앞에서 읽고 있는 책에 더 온전히 집중하게 된다. 부족한 물건을 생각하고 장바구니에 담느라 시간을 낭비하지 않는다. 물건으로 남과 비교하지 않는다. "풍부한 개성을 만드는 것은 물건이 아니라 '경험'이다. 물건보다 경험을 중요하게 여기는" 세상의 모든 미니멀리스트를 응원한다.

몸을
일으킬 수만
있다면
만사오케이

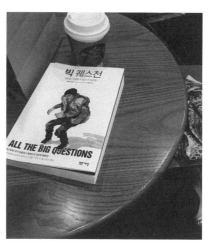

《빅 퀘스천》
더글라스 케네디, 밝은세상, 2015

그 음울한 1월에 퀘벡의 스케이트장에서 내가 알고 있던 것이라고는 '얼음 위에서 몸의 균형을 잡고 서 있어야 한다'는 것뿐이었다. 몸이 딱딱하게 굳어 있으면 안 되었다. 곧 넘어질지도 모른다고 의심해서도 안 되었다. 물론 의심은 살아가면서 균형을 유지하는 데에 필수적인 요소다. 인간은 의심한다. 고로, 살아 있다. 가장 커다란 '의심'은 자기 자신에 대해 품는 의심이다. 우리는 어떻게 하면 자기 자신에 대한 의심을 잘 다스려 '내일에는 내일의 해가 뜬다'는 낙관주의를 지켜갈 수 있을까?

개인적으로 아끼는 책인데, 이제야 글을 남긴다. 소설가의 산문집에서도 손에 꼽을 정도로 수작이다. 그러니 더 자주, 많이 읽었다. 종이책을 두고 온 날을 위해 전자책도 따로 또! 샀다. 사람에겐 그렇게 인색하면서 책에는 정이 끓어 넘치는 게 바로 나다. 아마도 나는 상처받지 않을 상대만을 골라 만나는 겁쟁이일 것이다. 그런 나를 받아들이고 나니, 인생이 반은 가벼워졌다.

더글라스 케네디는 스케이트를 배우며 들었던 다음과 같은 말을 인생의 위기 앞에서 되뇐다. "굳어지지 말 것, 무릎을 굽히고 균형을 잡을 것, 어떻게든 앞으로 나아가려고 애써볼 것."

삶의 비극을 받아들이지 않으려고 발버둥 칠수록 우린 불행해진다. 필연적으로 더 깊은 불행의 늪에 빠진다. 작가는 답을 얻을 수 없는 질문들에 밤잠을 설치고, 나에게 과연 어떤 가능성이 남아 있겠는가? 싶을 때, 죽어야 침대 안을 벗어날 수 있을 것 같은 절망감에 빠졌을 때 우선 일어나야 한다고 힘주어 말한다.

이 모든 일의 신비를 받아들여. 딱히 의미를 찾지 마. 당위를 요구하지 마. '왜 내가?'라고 묻지 마. 일어난 일은 일어난 일이야. 신비에 싸인 수수께끼가 있을 뿐이야. 우리는 뭐든 이해하려 하지만, 결코 이해하지 못해. 과거에도 이해할 수 없었고, 지금도 이해할 수 없으며, 앞으로도 이해하지 못해.

그의 소설만큼 산문은 날카롭게 현실적인 조언을 놓치지 않는다. 아버지 때문에 자주 울던 엄마에게 나는 항상 강조했다. "그냥 받아들여. 크게 의미를 두지 마. 사람은 변하지 않고, 자신이 원하는 대로 행동할 뿐이야. 남 때문에 상처받지 마. 엄마는 누구보다 엄마에게 친절해야 해." 우리의 인생에서 스스로 제어할 수 있는 부분은 생각보다 아주 적다. 그러나, 몸이 굳어지면 그 적은 부분마저 마비된다. 그러면 정말 끝이다. 끝. "우리는 돌고 또 돌고 또 돌며 앞으로 나아가야 한다. 어지럽고 어렵고 어마어마한 신비를 껴안기 위해 우리는 균형을 잃지 말아야 한다".

그처럼 내게 우울을 해소하는 가장 좋은 치료법은 '작업'이다. 손이 이끄는 대로 한두 시간 동안 글을 쓰고 나서 단골 카페에 가서 빵과 커피로 저녁을 해결하면 하루는 더할 나위 없이 깔끔해진다. 밥벌이도 했고, 방학숙제처럼 속 편안히 미뤄왔던 원고도 마무리 되었으니 길고 긴 목욕을 누릴 자격도 생겼다. 관성에 의지해 생각 없이 일을 하는 것도 해롭지만, 꾸준히 일하는 기쁨을 모르면 (우리 인생의 가장 큰 숙제인) 불안감이 가시질 않을 것이다.

남편은 이제 삶의 큰 기쁨도, 큰 슬픔도 없다고 슬퍼하지만 나는 삶의 균형이 유지하면서 '회색지대'에 머무는 것만큼 큰 행복도 없다고 생각한다. 아이가 (아직) 없는 우리의 인생은 정답이 없는 큰 질문들이 있기에 더 흥미로운 것이 아닐까. 내일 당장, 우리 차가 움직이지 않는다고 해도 크게 걱정하지 않는다. 차는 아직 고장 나지 않았고, 고장 나도 고칠 수 있는 여러 선택사항들이 있기 때문이다. 몸을 일으킬 수만 있다면, '내일의 해'도 내 것이 될 것이 분명하다.

친구는
없었지만,
그는
불행하지 않았다

《스토너》
존 월리엄스, 알에이치코리아, 2015

그에게는 친구가 없었다. 그리고 이때 생전 처음으로 그는 고독을 느꼈다. 밤에 다락방에서 책을 읽다가 고개를 들어 어두운 방구석을 바라볼 때가 있었다. 램프의 불빛이 구석의 어둠에 맞서 너울거렸다. 그렇게 한참 동안 열심히 바라보고 있으면 어둠이 빛 속으로 모여들어 그가 읽던 책에 나오는 상상의 모습들을 펼쳐 보였다. 그러면 자신이 시간을 초월한 것 같은 느낌이 들었다.

그의 인생을 무엇으로 설명할 수 있을까. 영문학자로서의 삶이 서서히 완성되어가면서 한 남자로서의 삶이 철저히 무너지는 과정을 존 윌리엄스는 엄중하게 그리면서도 흥미를 놓치지 않았다. 이 점이 위대하다. 이미 고전이지만 앞으로 더 고전으로 불릴 작품이다. 작가는 모든 이에게 크게 기억되지 못하는 스토너가 사실 가장 행복한 남자였다고 말한다. 이 책을 읽는 도중에는 스토너의 인생이 가여워 눈물 흘렸다면, 한번 읽고 처음으로 돌아가 다시 읽고나면 그의 인생을 부러워하게 된다. 한번이라도 자신이 '평생' 하는 일에 그 정도의 열정을 쏟아부었던 적이 있었던가 스스로에게 되묻게 되는 것이다.

소설의 배경은 축축한 안개가 가득한 미국 중서부 미주리 주 컬럼비아 캠퍼스. 너무 약하면서 동시에 너무 강해서 이 세상에 스토너가 갈 수 있는 자리는 없었다. 동료 교수의 지독한 편견과 괴롭힘 속에서도 그는 꿋꿋이 강단에 섰다. 집이라고 편할 리 없었다. 평생 자신을 벌레 보듯 대하는 아내의 신경질도 그의 학문에 대한 열정을 꺾지는 못했다. 줄거리를 다 말한다고 해도 이 책을 완벽히 설명하진 못할 것 같다.

> 마침내 그는 밤에 연구실로 나오는 것이 자신에게 일종의 피난이자 구실이 되었음을 깨달았다. 그는 연구실에서 책을 읽고 공부를 했다. 그리고 거기서 약간의 위안과 기쁨, 심지어 이렇다 할 목적이 없는 공부에서 예전에 느꼈던 즐거움의 흔적까지도 느낄 수 있었다.

쓸데없이 무모하면서도 필사적으로 느껴질 만큼 신중한 기질. 하지만 원하는 것을 말하고 그것으로 돈을 벌 줄 알았던 남자 스토너. 유려하게 한국어로 번역된 소설을 한 문장 한 문장 공들여 읽는데 한 달의 시간이 걸렸다. 수준 높은 영문학적 견해

를 주워 담으며, 중간 중간 길게 한숨을 내쉬며 기분 좋은 피
로를 느끼며, 책을 읽지 않는 날에도 책이 옆에 있다는 사실에
서 위안을 얻었다. 한국에서 랜덤하우스 빈티지 클래식vintage
classics 영문판 페이퍼백을 사와서 다행이다. 미국은 생각보다
책값이 싸질 않다. 영문판은 아마도 완독하는데 일 년이 더 걸
릴지도 모른다.

He opened the book ; and as he did so it became
not his own. He let his fingers riffle through the
pages and felt a tingling, as if those pages were
alive. (⋯) The sunlight, passing his window,
shone upon the page, and he could not see
what was written there. The fingers loosened,
and the book they had held moved slowly and
then swiftly across the still body and fell into the
silence of the room(그는 책을 펼쳤다. 그와 동시에
그 책은 그의 것이 아니게 되었다. 그는 손가락으로 책장
을 펄럭펄럭 넘기며 싸릿함을 느꼈다. 마치 책장이 살아
있는 것 같았다. (⋯) 창밖을 지나가는 햇빛이 책장을 비

쳤기 때문에 그는 그곳에 쓰인 글자들을 볼 수 없었다. 손가락에서 힘이 빠지자 책이 고요히 정지한 그의 몸 위를 천천히, 그러다가 점점 빨리 움직여서 방의 침묵 속으로 떨어졌다).

소설의 마지막은 이와 같다. 원문도 멋지고, 번역문도 아름답다. 'riffle'의 뜻은 '(종이, 책장을 휙휙) 넘기다'이다. 고독한 이 남자의 마지막 페이지는 예상대로 평화롭다. 서서히 내 삶에 스며드는 그의 열정이 뜨겁다. 이 소설을 읽는 내내 함께했던 백건우의 베토벤 피아노 소나타 연주도 더없이 고맙다. 평생 자신이 좋아하는 일을 매일 묵묵히—어떤 사명의식을 가지고 성공적으로—해내는 이들이야말로 진정 부러운 인생을 사는 이들이다. 숭고하기 그지없다.

노동은
작가를
배신하지
않는다

《어디까지나 개인적인》
임경선, 마음산책, 2015

무라카미 하루키는 '소설 하나 쓰더니만 건방져져서 가게 일을 소홀히 한다'는 말은 결코 듣고 싶지 않았다. 그래서 '피터 캣'을 예전보다 더 열심히 운영했을 뿐만 아니라 틈날 때마다 이를 악물고 다음 소설 《1973년의 핀볼》의 집필에 매진했다. '피터 캣'을 계속 운영하게 된 데는 담당 편집자의 충고도 한몫을 했다. 그녀는 작가로 성공적인 데뷔를 했어도, 최소 2년은 하던 일을 놓지 않는 편이 낫다고 충고했다. 현실 생활과의 접점을 갖지 않으면 아무래도 문장들이 튕겨나가기 쉽고, 그렇게 한번 제대로 정착하지 못한 문장을 재정립하기란 정말 힘들다는 것이다. 하루키는 그녀의 조언이 정말 옳았다는 것을 얼마 지나지 않아 깨닫게 되었다. (…) '피터 캣'에서 보낸 7년간의 세월과 노동이 있었기에 자신이 소설을 쓸 수 있었다는 사실을.

땡스기빙 데이 연휴가 시작되기 전, 무라카미 하루키의 열광적인 팬으로 잘 알려진 임경선 작가의 하루키에 관한 에세이

《어디까지나 개인적인》을 전자책으로 다운받았다. 하루의 반
나절을 주방에서 보내고 있는 나는 틈틈이 아이패드로 책을
읽는다. 가져온 종이책은 또 기를 쓰고 잠들기 전에 몇 문장씩
읽고 잔다. 그래야, 일하기 싫은 사람과 일을 하거나 점심을
먹는 '악몽'을 꾸지 않을 수 있다.

무라카미 하루키는 마감을 잘 지키기로 소문한 '성실한' 작가
다. 여러 분야를 넘나드는 임경선 작가도 꾸준히 책을 펴내는
것을 보면 하루키처럼 매일 쉬지 않고 글을 쓰고 있는 것이 분
명하다. 저자는 하루키의 일대기를 키워드대로 정리하고 있
다. 하루키의 팬이 아니어도 그가 7년간 재즈 카페를 운영한
이력이 있다는 것 정도는 알고 있을 것이다. 친절하지는 않았
지만, 소신 있게 재즈 카페 주인으로 항상 있어야 할 자리에
있었던 그.

> 서른두 살이 되던 1981년에 무라카미 하루키는
> 조용한 바닷가 마을로 이사 가, 하루 일과를 매우
> 단순하게 바꾸어나간다. 아침 6시에 일어나 글을
> 쓰고, 정기적으로 운동을 해서 체력을 키우고, 오

후에는 아내와 함께 채소밭을 가꾸고, 저녁 식사 후에는 클래식 음악을 듣고, 밤 10시면 잠자리에 드는 간소한 생활.

작가가 아닌 다른 직업을 가졌더라도 그는 꽤 성공했을 사람이다. 성공의 기준을 '돈'으로 한정지을 수 없지만, 성실함에 위트까지 갖추었으니 벌이도 꾸준했을 것이다. '뒷말 릴레이'를 싫어했기 때문에 높은 자리까지는 못 올라갔을 테지만.

"자, 이제 무엇을 써야 할까…." 글쓰기가 막막할 때마다 나는 재즈 카페에 있는 하루키를 떠올린다. 매일 반복되는 일상 속에서도 내가 꾸준히 글을 쓸 수 있었던 원동력도 그와 같은 에세이 작가가 되고 싶었기 때문이다. 회사생활 7년이 내게 남은 것은 매일 갈아입을 수 있는 옷과 계절따라 기본 열 켤레가 넘는 신발만 있는 것은 아니다. 더 자고 싶은 욕망을 누르고 일어나 추위와 더위를 뚫고 도착한 사무실에서 업무를 시작하는 그 일련의 행위들이 (알게 모르게) 손 근육을 키워줬다. 쓰지 않고는 도저히 남들과 다른 삶을 살 수 없을 것 같은 오기도 더불어 주었다. 무엇보다 자유와 독서의 시간을 내주고 각종 청

구서들을 처리할 수 있었다. 결혼을 내 힘으로 할 수 있었다.

스스로 재료를 사와 밥을 해먹고, 청소와 빨래를 하고, 영어 공부를 하고, 산책하는 것 외에 하루 종일 글을 쓴 하루였다. 글을 쓰는 동안에는 루도비코 에이나우디Ludovico Einaudi의 연주곡을 틀어놓고 말 한마디 하지 않았다. 거실에서 새로운 미국 드라마에 푹 빠져 있는 남편 덕에 온전히 홀로 있을 수 있었다. 글을 쓰고도 시간이 남아 다양한 장르의 글을 써보는 상상을 했다.

3년째 즐겨보는 〈나혼자 산다〉와 같은 TV프로그램을 분석한다거나, 〈브레이킹 배드〉와 같은 전설의 미드를 리뷰한다거나, 좋아하는 작가의 일대기를 정리하는 칼럼, 궁극적으로 소설과 같은 긴 호흡의 글도 쓸 수 있는 시간과 자유가 내게 있다. 이 '자유롭고 고독한 일'을 위해 그 길고 숨 막히고 어두운 출퇴근길을 건너왔다는 생각이 문득 든다. 생리통으로 온몸의 수분이 빠져나가는 고통에 시달릴 때도 어쩔 수 없이 출근했던 날의 기억도 함께 떠오른다. 밥벌이는 생각 가능한 고통과 생각지도 못한 즐거움을 동시에 주었다. 지금도 이렇게 글을 쓰게 만든다. 노동의 시간은 절대 작가를 배신하지 않는다. 더 단단하게 자신만의 세계를 만들기 위해선 하루면, 어쩌면 몇 초면 나를 잊어버릴 이들의 시선 따위는 무시하는 게 좋다. 실패하는 것도 나고, 성공하면 가장 기뻐할 사람도 나이기 때문이다.

최대한
예쁜
것을
본다

《잔》
박세연, 북노마드, 2012

요즘은 불이 꺼진 제리코 안에서 백마담과 기타 연습에 여념이 없다. 백마담은 '못 쳐도 좋은 곡'을, 나는 '칠 수 있는 곡에 최선을'이라는 각각의 기타 철학을 가지고 있다. 때문에 나는 백마담에게 '잘 좀 쳐보라'고, 백마담은 내게 '트로트 좀 그만 치라'고 짜증을 낸다. 오늘은 마감을 끝낸 마감녀가 슬며시 들어와 구경하더니 '둘 다 못 들어주겠으니 족발이나 시켜먹자'며 연습을 중단시키고는 한턱냈다. 이거 참 괜찮은 밤이다.

텍스트가 별로 없는 책이다. 잔에 관한 화보집이라고 해도 무방하다. 아침부터 지옥철 4호선 고장으로 생고생을 해서 오전 내내 화가 났는데 책 속 예쁜 '잔'들을 보며 마음을 진정시켰다. 그래, 추한 것만큼 아름다운 것이 많은 세상이다. 우선 아름다운 것만 생각하자.

카페 제리코는 이제는 사라졌다. 백마담은 돌아왔는지 모르겠다(카페 제리코이후에 제리코바앤키친으로 돌아온 걸로 알고 있다). 손바닥 혹 제거 수술(?) 후 아직도 불편한 왼손으로 불안정하게 책을 잡고 사진도 찍고 그(녀)들이 남긴 시간의 흔적들을 오랫동안 훔쳐보았다. 사무실에서 대놓고 책을 봐도 되는 직업을 가져서 이럴 때 참말로 좋다.

빽빽한 원고들과 미로 같은 쿤데라의 소설과 날씨만큼 차가운 서류들… 속에서 어떤 훈기薰氣를 느꼈다. 온도를 유지하기 위해 커피머신 위에 불안하게 놓인 커피잔들처럼 내 주변엔 항상 책들이 불안하게 쌓여서 열정의 온도가 떨어질라치면 하나씩 늘어난다.

비가 올 땐 나도 모르게 카푸치노가 당겼는데 이 책의 저자도 비가 오면 무조건 카푸치노를 마신다고 한다. 책이 주는 수만 가지 즐거움 중 최고는 역시 저자와 공통점을 찾을 때가 아닌가 싶다. 이 책에 그려진 수많은 잔들 중 특히 우리 집 찬장에도 고이 모셔져 있는 빈티지 코렐이 가장 정겹다. 전통이 있는 만큼 이름값 좀 하는 로열 코펜히겐보다 어린 시절 한 모금씩 뺏어 마셨던 맥심커피가 담겨 있던 엄마의 커피잔이 나에겐 더 가치 있는 것이다. 눈과 마음이 모두 호강할 수 있는 사랑스러운 행복바이러스. 차와 잔….

오후에 저랑 커피나 홍차 한잔 하실래요?

에스프레소의 온도를 지키는 데미타스,

홍차의 향을 머금은 넓고 얇은 잔,

어떤 음료든 척척 담아내는 머그,

음료의 시원함을 그대로 전달하는 유리잔,

보온을 위한 둥글고 두꺼운 잔,

누구든 이동하며 마실 수 있는 종이컵까지,

그냥 만들어진 것은 하나도 없다.

'잔'에는 차를 사랑하는 사람들에게

조금 더 훌륭한 맛과 향과 분위기를 전달하기 위

한 정성이 숨어 있다.

차가 찻잔을 통해 입으로 전달될 때까지의 모든

것을 위해 만들어진 소통의 도구이다.

나의 행복을
남에게
맡기지
말자

《한국이 싫어서》
장강명, 민음사, 2015

소설이라고 해야 하나, 에세이라고 해야 할까 고민되는 '핫한' 책이 한 권 있다. 모두가 제목이 재미있어서(혹은 마음에 들어서) 샀다고 하는 장강명의《한국이 싫어서》가 그 책이다. 통근 거리가 멀어서 매일 전쟁을 치루고 있는 나에게, 하는 일이 자아를 실현할 수 있으면 좋겠다고 생각하는 나에게, 한국을 떠나 호주에 가는 이 소설의 주인공 계나의 독백들은 하나같이 내 마음속 기록처럼 느껴졌다. 그래서 소설도 에세이도 아닌 '르포르타주'로 읽히는지도 모른다.

계나가 매일 울면서 회사를 다녔던 이유는 사실 회사 일보다는 출퇴근길 때문이었다. 출근길 지옥철에 시달리다 보면 "나는 누구인가, 또 여긴 어디인가, 나는 왜 이러고 사는 걸까, 이렇게 살아서 뭐 하나" 싶은 생각이 매일 든다. 우리는 출근하는 순간부터 치열한 경쟁에 돌입한다. "이번 차는 탈 수 있을까, 저 아저씨가 나를 누르고 차에 타면 어쩌지, 이 무리를 뚫고 다음 정거장에서 내릴 수 있을까⋯." 머릿속으로 끊임없이 외친다. 제발 스마트폰으로 책이라도 읽을 공간을 내어 달라고! 가축도 이것보단 넓은 곳에서 아침을 먹는다고! 온몸으로 압력을 견디고 사무실에 도착하면 안도감도 잠시뿐, 수많은 회의와 회의를 위한 보고서, 기안을 위한 기안, 카피를 위한 기획안을 끌어안고 하루를 보낸다. 그리고 다시 오르는 퇴근길의 지옥 버스. 그곳에서 나는 백팩을 멘 사람들에게 소리 없는 아우성을 친다. 저기, 당신 가방이 나를 쳤어요….

내가 다닌 출판사들은 계나가 다닌 W종합금융 회사에 비해 일 자체가 되게 단순하진 않았다. 힘들지만 재미있었고, 월급을 많이 주는 것은 아니었지만 기본적으로 생활할 정도의 돈은 벌 수 있었다. 말로 사람을 죽이는(?) 업계답게 매일 반복되는 점심식사에서의 대화 같은 언쟁과 그 지겨운 김치찌개, 부대찌개, 된장찌개의 짜디짠 국물이 나의 오후를 지배했다. 졸음과 나트륨 덩어리들을 카페인으로 누르며 일했다. 자발적으로 야근을 하다 보니 애인도 없이 혼자 외롭게 지내는 솔로로 낙인찍혔지만, 오히려 그게 더 좋았다. 일을 하다 보면 시간이 금방 갔고, 흘러가는 시간 속에서 경력이 쌓인다고 자위했다.

"한국에서는 딱히 비전이 없으니까. 명문대를 나온 것도 아니고, 집도 지지리 가난하고, 그렇다고 내가 김태희처럼 생긴 것도 아니고, 나 이대로 한

국에서 계속 살면 나중에 지하철 돌아다니면서
폐지 주워야 돼."

희망도 없이 일자리를 못 구하는 지금의 20대들에 비하면, 어느 정도 사회적으로나 개인적으로나 자리를 잡은 것처럼 보이는 30대의 나는 행복해야 마땅하다. 그렇지만 매일매일이 행복한 건 절대 아니다. 사건사고가 잘 나지 않는 호주나 캐나다, 스위스에 비하면 한국은 정말 재미있는 나라이긴 하다. 계나 친구의 말처럼. 그리고 돈만 조금 있으면 한국처럼 살기 좋은 곳도 드물다. 계나 전 남친의 말처럼 말이다.

그러나 우린 모두 한국을 떠나고 싶어 한다. 접시를 닦고 살더라도 호주가 좋다고 말하는 사람들. 책엔 작가가 여러 호주 관련 사이트에서 참조한 실제 증언들이 담겨 있다. 말로만 들었던 '닭장 셰어'의 현장을 주인공의 경험을 통해 목격하고 나니, 호주로 유학을 가거나 워킹 홀리데이를 갔다 온 여자와는 결혼은 물론 연애조차 하지 말라는 풍문의 근원을 조금 알 것도 같다. 죽도록 공부해도, 영어로 잠꼬대를 하더라도 원어민의 어학 수준을 따라잡지 못하는 근원적인 슬픔도 가득하다.

우리의 게나는 안정적인 직업과 집을 가진 지명 곁으로 돌아
올까? 아니면 한국 돈으로 10억 원의 가치가 있다는 호주 영
주권을 가지게 되었을까? "매일 화내거나 불안해하는 얼굴들
을 보면서 살고 싶지 않"은 게나는 항상 웃으면서 살 수 있는
나라를 택했다. 물론 방송기자와 버스 기사의 월급이 별로 차
이가 나지 않는 나라에서 살면 정말 행복해질 수 있을까, 란
질문에서 완전히 자유롭지는 못하다.

> "내가 호주로 가는 건 한국이 싫어서가 아니라 내
> 가 행복해지기 위해서야. 아직 행복해지는 방법
> 은 잘 모르겠지만, 호주에서라면 더 쉬울 거라는
> 직감이 들었어."

이 책을 읽고 한 가지 분명해진 점이 있다. "자기 행복이 아닌
남의 불행을 원동력 삼아 하루하루를 버티는"것만큼 어리석
은 것은 없다는 것. 나는 행복해지기 위해 회사를 뛰쳐나왔었
고, 다시 행복해지기 위해 회사에 들어갔다. 매일매일 행복하
지 않다면, 나는 또 회사를 나올 것이다. 나의 행복을 남에게,
돈에게 맡겨두고 사는 일 따윈 반복하지 않으리라. 가장 좋아

하는 것들을 위해 오늘을 희생하지 않으리라. 우리 모두 중얼거리자. "해브 어 나이스 데이Have a nice day"라고.

직업이란
언제나
불행
이요

《헤세로 가는 길》
정여울, 아르테, 2015

한때 그는 작가를 직업으로 선택한 것에 대해 이렇게 후회하기도 했다. 자신은 재능을 직업으로 선택하는 치명적인 오류를 범했다고. 재능과 직업이 같아지면 쉴 틈이 없어진다. 끊임없이 일에 몰두하게 되고, 타인의 기대를 만족시키기 위해 자신의 재능을 힘겹게 소모시킨다. 하지만 아무리 생각해도 헤세가 재능과 직업을 일치시킨 것은 잘한 일 같다. 그의 삶이 이야기의 장작불로 피어올라 우리에게 빛이 되어주었으니.

하루에도 수십 번 내 재능이 어디에 있는지 스스로에게 되물을 때가 있다. 나의 진정한 재능은 대체 어디에 있는 겁니까…. 아무래도 이건 내 천직이 아닌 것 같다, 그만두고 내 글만 쓰며 살고 싶다, 살고 싶다…. 이렇게 끊임없이 흔들리는 나지만, 정여울 작가가 헤세를 통해 알아낸 삶의 비밀은 나를 통해서도 드러난다. "재능과 직업이 같아지면 쉴 틈이 없어진다."

거짓말을 조금 보태서 나의 하루 24시간은 책과 문장들, 책 속

이미지로 채워져 있다. 그림을 보면 그림 감상평을 기가 막히게 쓰는 작가를 찾아 헤매고, 영화나 드라마를 봐도 책으로 만들면 어떨까, 글로 쓰면 어떤 풍경으로 기억될까를 고민하는 이 직업병. 그러나 재능과 직업이 일치해도, 성과는 쉽게 나지 않는다. 그저 꾸준히 하는 수밖에 없다.

매일 읽고, 매일 쓰고, 매일 버리고, 매일 읽고, 매일 쓰고, 매일 지우고…. 매일 지우고, 매일 쓰고, 매일 읽고, 매일 버리고, 매일 쓰고, 매일 읽고….

애초에 이 일을 통해 큰돈을 벌겠다는 욕망이 없다 보니, 내가 재미있으면 최고라는 단순한 논리가 선물처럼 주어졌다. 얼마 전 잠이 오지 않아, 전자책으로 다운받아본 이윤기 선생님의 《조르바를 춤추게 하는 글쓰기》에 이런 구절들이 나온다.

> "원서를 집어 던진 것이 한두 번이 아니었다. 하지만 지금은 다시 행복하다. 나는, 행복은 그런 것을 통해서만 온다는 것을 알 만큼 행복한 사람이다."

"나는 비교적 순수한 허구의 세계를 그리는 희망
에 사로잡혀 있는데, 어차피 거대한 학교일 수밖
에 없는 이 세상에서 내가 살면서 만난 사람들,
살면서 겪은 일들이 내 발목을 영 놓아주지 않습
니다. 그래서 이 긴 글을 쓰게 되었습니다. 나는
이제 앞으로 나아갈 것입니다."

그렇다. (팔리지도 않는) 책을 집어 던지고 싶은 순간이 한두 번
이 아니지만 나는 책이 있어 행복하다. 행복은 지긋지긋한 문
장들을 통해 온다는 것을 안다. 그럼에도 불구하고, 직업은 언
제나 불행(서류 많은 회사를 다녀보면 안다)이요, (어디에서도 일할 수
있는 나의 의지에 대한) 제한이며, (하루를 마음대로 쓸 수 없는 부자유
에 대한) 체념이다. 인정하고 돌아보니 다시 앞으로 나아갈 수
있을 것 같다.

오늘 아침 평소에 보지도 않았던 사무실 구석, 다용도실에서
먹고 싶었던 코나커피 원두를 발견했다. 유레카! 까다로운 미
팅을 앞두고 있었지만 사무실 가득 코나커피 향을 맡으니 상
상력이 두 배로 상승한다. 출근하는 일 자체가 스트레스였지

만 이곳에도 내가 좋아하는 것들이 숨어 있다니. 일은 그저 일일 뿐이지만, 그래도 의미를 찾고자 하는 이에겐 창의력이 저절로 생긴다. 창의력의 친구인 상상력도 그렇다. 절실한 자들에게 가장 먼저 찾아온다. 기왕 할 거면 잘하자. 영혼의 부지런함에서 둘째가라면 서러울 나니까. 나는 가만히 있지 못하는 데 천재니까. 나의 오늘은 어제보다 두 배로 절실하다.

냉소는
너무나
쉬운
것

《낭만적 연애와 그 후의 일상》
알랭 드 보통, 은행나무, 2016

그는 자신이 낭만적인 사랑을 과하게 갈망하면서
도 친절이나 소통에 대해서는 거의 이해하지 못
하고 있는 사람임을 알아본다. 솔직하게 행복을
좇는 것이 두려워 미리 실망하고 냉소하는 태도
에 안주하는 사람이라는 것도. 그래, 실패란 이런
것이다. 주요 특징이라면 침묵이다. 전화기는 울
리지 않고, 불러내는 사람도 없고, 새로운 일도
전혀 없다. 그는 성인이 된 이후 줄곧 실패는 사
실 겁먹은 무위를 통해 모르는 사이에 자신에게
찾아왔음을 깨닫는다.

그는 한때 원대한 꿈이 있었다. 새로운 종류의 건축을 탄생시
키고, 자신의 이름을 건축물에 남기는 그런 유명한 건축가가
되는 것. 하지만 그는 이제야 중년의 사춘기를 겪는 2급 도시
설계 회사의 거의 파산한 부사장이다. 한국어로 된 것은 모두
멀리하고 있는 요즘, 앞부분만 읽고 끝까지 집중했던 유일한
책《낭만적 연애와 그 후의 일상(원제: The Course of Love)》은 알
랭 드 보통의 '아주 오랜만의 장편소설'이다. 작가는 결혼 후
이제 연애소설 '따위'는 당분간 쓰지 못할 것 같다고 선언했

다. 신작소설이 나오기까지 오랜 시간이 흐른 것 같은데 그는 변함없이 사랑을 철학적으로 재단하고 결론을 낸다. 사랑에 빠지는 과정은 지적으로 충분히 섹시하기까지 하지만, 자식까지 딸린 유부남의 불륜 후 일상은 이전 작품보다 더 비참하다.

이 책은 상당 부분 남녀간의 사랑과 결혼 후 어긋남을 그리고 있는데(뭐 길게 말을 하자면 끝이 없지 않은가. 그는 방을 따뜻하게 하고 자는 걸 좋아하고 그녀는 차게 환기시키며 자길 좋아하는 것에서부터 시작해서 말이다), 나는 남자주인공 라비가 아내 커스틴과의 사랑에서 실패를 겪고 냉소를 버리는 과정을 더 집중해서 읽었다. 때마침 오늘 아침, '20대가 웃음을 잃었다는 기사'를 읽고 이 글을 쓰게 되었다.

> 그는 예기치 않은 곳에서 선량함을 만난다. 50대 중반의 사무관리자이자, 아들을 방금 리즈의 대학으로 떠나보낸 미망인의 선행이 가슴을 뭉클하게 한다. 그녀의 쾌활하고 강인한 성격은 모든 근무일, 모든 시간에 발휘되는 특별한 재능이다. 그녀는 모든 직원에게 잘 지내느냐고 세심히 묻는

다. 또한 그들의 생일을 기억하고, 한가한 시간을
항상 남을 격려하고 배려하는 모습으로 채운다.
젊었을 때라면 그렇게 사소한 기품의 실증을 알
아채지 못했을 것이다. 하지만 이제 그는 작은 축
복들이 어디서 찾아오든 허리를 숙여 집어 들어
야 한다는 것을 알 만큼 겸허해졌다.

나는 직장에서는 (특히) 잘 웃지 않았다. 어디서부터 잘못된 것
인지 모르겠지만, 잘 웃거나 농담을 자주 하는 사람은 무능력
해 보인다는 편견을 가졌다. 포커페이스를 유지해야 업무능력
이 향상된다는 신화를 믿었는지도 모른다. 모두가 웃지 않았
고, 혼자 웃으면 바보가 되는 딱딱한 업무환경에도 문제가 있
었다. 모두가 행복하지 않는데, 모두가 행복해질 길을 차단하
고 있는 느낌이 들었다. "냉소는 너무 쉽고, 그래서 얻는 것이
없다." 그랬었다는 걸 지나고 나서야 알게 되었다.

나의 지나간 음악에 대한 열정이 고스란히 담겨 있는 아이
팟 클래식에 〈청춘스케치(원제: reality bites)〉 mp4 파일이 있어
서 아침마다 돌려보고 있는데, 이 소설책을 읽음과 동시에 잊

고 있던 어떤 진실 하나를 영화 속에서 찾았다. 특별할 것 없는 이 영화의 대사 하나하나가 인생 교과서처럼 느껴진다. 한국어로는 익숙하지만 영어로는 낯선 대사를 듣고 따라 말하다 보니 완전히 다른 작품처럼 대하게 된다. 자신이 공들여 찍은 다큐멘터리가 상업용 광고에 갈기갈기 찢겨 편집된 모습을 본 후 좌절한 (너무나 예쁜) 위노나 라이더에게 (또 너무나 시크한) 에단 호크가 이렇게 충고해준다.

> LELAINA: I was really gonna be something by the age of twenty-three.
> 난 정말, 25살이 되면 뭐라도 돼 있을 줄 알았어.
> TROY: Honey, all you have to be by the age of twenty-three is yourself.
> 오 허니, 25살에 네가 되어야 할 진짜는 바로 너 자신이야.

'요즘 젊은 것들의 사표'가 문제가 되고 있지만 그 문제를 해결해줄 멘토는 세상 어디에도 없다. 우리는 학교와 사회가 원하는 인재상이 되기 위해 '나다운 것'을 포기하고 대부분의 청

소년기를 보낸다. 대학만 들어가면 모든 것이 내 뜻대로 될 줄 알았겠지만 그때부터 갑자기 우리는 '남과 다른 나'를 기대하는 시선 속에 갇히게 된다. '자네다운 게 뭔가, 수많은 경쟁자들 속에서 자네가 뽑혀야 하는 이유를 대봐. 그리고 우리 회사가 요구하는 일의 강도를 이겨낼 수 있는 정신력도 당연히 갖고 있겠지.' 당신처럼 늙어갈까봐 두렵긴 하지만 당장은 일과 월급이 필요하니 버텨볼게요. 그런데 정말 '나다운 건' 언제 써먹나요? 혹시 먹는 건가요?

소설 속 라비처럼 우리 일상은 낭만과 멀다. 완벽주의자였던 사람이 '충분히 완벽하지 않은' 환경에 만족하는 모습을 멀리서 지켜본다. 그를 통해 완벽한 행복은 한 번에 오는 것이 아니라 '작고 점진적인 단위들로만 찾아온다'는 것을 깨닫게 된다면 우리는 작가의 의도를 충실히 파악한 셈이다. "그처럼 완전히 평범한 인생을 사는 데에도 용기가 필요하다는 것을 깨닫는다." 중국엔 꽃을 사랑하게 된 중년남자의 영웅담은 이렇게 보잘 것 없지만, 나다운 것을 찾다가 공공의 적이 되는 직장괴담보단 낭만적이기에 위로가 되는지도 모르겠다.

나 이외는
다른 누구도
원망하지
않는다

《영혼의 연금술》
에릭 호퍼, 이다미디어, 2014

우울한 기분으로 일어나도, 좋아하는 것들을 떠올리며(가령, 어젯밤에 잠들기 직전에 산 에릭 호퍼 전자책 세트) 이빨을 닦고 샤워를 하면 금방 우울한 기분이 풀린다. 요새는 가볍게 HAY(덴마크 디자인회사) 인스타그램 계정인 @haydesign을 둘러보거나, 원서 《In the Company of Women》속 여성들의 멘토 이야기를 읽으며 하루의 열정을 끌어 모은다. 이렇게 참 단순하게 행복해 하다가도, 한번 부정적인 생각을 하기 시작하면 걷잡을 수 없이 비참해진다. 모아놓은 돈도 없고, 이뤄놓은 것도 없고, 책을 읽어도 전처럼 설레지 않고, 무엇 하나 끝까지 하는 것도 없는 것 같고, 주변엔 아무도 안 남은 것 같은 기분이 들 때면…. 우선 에스프레소를 한 잔 내려마신다. 빠른 속도로 원두를 그라인딩 해서 포터필터에 담고, 탬핑을 해서 에스프레소 머신에 장착한다. 첫 모금은 크레마를 그대로 마시고, 두 번째 모금은 설탕 한 스푼 넣고 한 번에 입에 털어넣는다.

> 대부분의 열정에는 자기 자신에게서 도피하려는 의식이 잠재되어 있다. 열정적으로 뭔가를 추구하는 사람은 모두 도망자와 비슷한 특징을 가진다. 열정의 근원에는 대개 결점투성이에 불구하

> 며 미완성인 데다 불안정한 자기 자신이 존재한
> 다. 열정적인 태도는 외부 자극에 대한 반응이라
> 기보다 내면적 불만의 발산이다.

그래, 언제나 나는 내면적으로 불만이 많았던 것이다. 한 교실
에 앉아있던 아이들과 일체감을 강하게 느꼈을 때는, 고통이
무엇인지 외로움이 무엇인지 알 길이 없었다. 자아가 튀어나
와서, 열정이 지나쳐서, 나는 남들과 달라야 한다는 압박감 때
문에 대부분 입을 다물고 있거나, 화가 나있는 사람처럼 굴었
던 것이다. 자존심이 강해지면 대개 욕구는 줄어들지만, 자존
심에 위기가 들이닥치면 자제력이 약해지거나 완전히 무너지
는 경향이 있다고 한다.

거리의 철학자 호퍼는 "모든 극단적인 태도는 자기로부터의
도피이다"라고 말한다. 능숙한 자는 여유롭고 조용하고, 부족
한 자는 언제나 시끄러운 법이다. 그는 불만을 창조적 충동a
creative impulse으로 바꾸는 능력이 필요하다고 주장한다. 독립
적인 인간은 만성적으로 불안정한 존재이기 때문에, 매일매일
재생되는 자신감 부족을 문학(소설), 미술(그림), 음악(POP), 과

학(우주), 기술(iPhone) 등에서 현실적인 방안을 찾아 보충해야
한다.

새로운 것에 도전하는 사람은 이미 성공한 사람이 아니라 '부
적응자나 실패자, 도망자, 추방자들'이라는 저자의 말에, 아무
도 나를 알아주지 않는 광활한 미국 땅에서 살아갈 힘을 얻는
다. "현재를 위조하지 않고서 우리는 열정적으로 미래를 꿈꿀
수 없다. 현재와 다른 것을 갈망함으로써 우리는 현실과 다른
세계를 엿볼 수 있다", "절대 권력은 단순함을 편애한다. 단순
한 문제, 단순한 해법, 단순한 정의를 원한다. 절대 권력은 복
잡함을 나약함의 산물로 보면서 그 뒤에 고난의 여정이 이어
진다고 생각한다"와 같은 문장에 밑줄을 긋는다. 타이핑하고
두 번 읽는다. 이러다 끝이 없겠다. 에릭 호퍼는 왜 이리도 명
언을 많이 남겼는가. 그의 자서전 《길 위의 철학자》도 함께 추
천하고 싶다. 돈이 별로 안 드는 독서가 얼마나 열정적인 삶(그
는 그림을 그리듯 글을 쓰는 일에 열중했고, 제대로 된 형용사를 찾는 데
시간을 아끼지 않았다)을 만드는지 그의 헌신적인 기록으로 간접
체험할 수 있다.

쓸모없는
인생을 산다고
생각하는
당신에게

《스테이트 오브 더 유니언》
더글라스 케네디, 밝은세상, 2014

변화는 하루아침에 이루어지지 않아요. 미국처럼
자본주의가 심화된 나라에서는 더욱 변화가 더디
겠죠. 현재의 미국이 볼셰비키 이전 러시아와 다
른 점은 프롤레타리아도 열심히 일하면 부르주아
가 될 수 있다는 환상을 품고 있다는 것이죠. (…)
미국의 노동계급은 임금을 받으면 새로운 물건을
적극적으로 구입하려고 하죠.

솔직히 더글라스 케네디의 작품 중 최고라고는 할 수 없는 책
이었다. 그렇지만 왠지 모르게 마지막을 가장 더디게 맞이하
고 싶은 아쉬움이 드는 소설이었다. 《스테이트 오브 더 유니언
State of the Union》원제를 발음 그대로 표기한 번역판의 이국적
인 느낌이 나쁘지 않다. 이번에도 그는 결혼, 양육, 종교, 자기
신념과 같은 보통의 문제에서 위기를 끌어낸다. 워낙 그의 소
설을 많이 읽어서인지 그가 즐겨 쓰는 염세적인 문장이 반복
해서 보였다. 하지만 지난 몇 달은 온통 부족한 한식 식재료로
집밥을 해 먹는데 정신이 팔려 있었기에 더욱 더글라스 케네
디 소설이 필요했다. 줄거리에 상관없이 그의 소설은 언제나
책을 끝까지 읽게 만드는 마력이 있다. 무엇 하나 끝까지 집중

할 수 없을 땐 익숙한 것에 기대는 것이 가장 안전하다.

그가 미국의 정치와 심화된 자본주의, 청교도적 생활에 비판적이라는 건 익히 알고 있었지만, 내가 직접 미국에 와서 생활하다보니 더 직관적으로 와 닿는 부분들이 많았다. 어디까지나 소설 속 시선이지만 10시간이 넘는 거리를 차로 운전하는데 익숙한 미국인들의 모습이 눈앞에 그려진다. 뉴욕과 메인주 사이에 타고 흐르는 도시와 시골 생활의 차이점까지도 세세하게 묘사하는 더글라스 케네디는 확실히 가장 미국다운 미국을 그리는 동시대 작가다. 그를 통해 "미국은 무릎 꿇고 순순히 자기 역할을 받아들이지 않으면 국가가 나서서 박살내는 나라"라는 걸 반복 학습하지만 나는 그만큼 미국을 아끼는 작가도 없다고 생각한다. 이 지루한 천국에서 더욱 깊게 자유를 만끽하고 싶은 욕망을 되레 불러일으키기에.

부모란 자식이 잘못을 저지르면 혼자 남몰래 자책하는 존재이다. 가끔 부모가 된 걸 크게 후회한다. 자식이 없었다면 지지고 볶고 부대끼며 함께 어우러지는 삶은 없었겠지만 훨씬 더 자유롭고

독립적인 삶을 살았을 거라는 생각을 자주 하게
된다. 그러다가 문득 의문이 떠오른다. 왜 인간은
평생 고통을 겪으면서도 부모가 되어 자기 자신
을 옴짝달싹 못하는 존재로 만드는 걸까?

소설은 반체제주의자인 아버지와 뉴요커 출신의 독설가 어머
니 사이에서 태어난 한나 버컨의 삶을 그녀의 목소리로 들려
준다. 지루한 남자와 결혼해서 비밀이 없는 작은 시골 마을에
정착하게 되지만, 그녀는 그곳에서도 자신의 가치를 발휘할
수 있는 소일거리를 찾을 줄 아는 현명한 여자이다. 한나의 잘
난 관점을 빌리자면,《마담 보바리》처럼 이 소설이 우울한 느
낌이 드는 건 지극히 현실적이기 때문이다.

평소에 이런 소설을 읽지 않는다면, 나는 눈앞으로 밀어닥친
일에만 에너지를 쏟고 살 것이다. 사소하고, 엄청나게 시끄럽
고, 허부한 것들에 정신을 팔려 큰 기쁨도 큰 슬픔도 없이 삶
이 흘러가게 내버려둘 것이다. 작가가 상세하게 밝히는 언론
과 방송의 속성, 정치의 비열함, 종교의 무용uselessness, 자녀 교
육의 험난함은 하나의 장치일 뿐이다. 나의 주요 관심사가 외

식, 쇼핑, 여행, 헬스클럽, 치과 진료에만 머물러 있지 않기 위해서 더 많은 소설책을 다운받아 누구의 방해도 받지 않고 꿋꿋이 끝까지 읽을 것이다. 나 스스로 행복해질 수 있는 일을 만드는 일을 게을리하지 말라고 진심으로 말해주는 친구가 또 하나 늘었다. '내 앞에서 엄격하고 뒤에서는 좋은 말을 아끼지 않는' 친구이다.

진실의 비결

"나는 내 삶이 세월과 함께 단계적으로 나아져왔
다고 생각해. 결혼해서 아이를 낳은 것이 그전보
다 나았고, 이혼한 것이 결혼생활보다 나았고, 그
뒤로 그 시인과의 관계, 그 관계의 청산까지, 나
는 조금씩 더 강해져왔어. 비록 나는 지금 이렇게
늙어가고 있지만, 이제는 내가 매우 강하다고 느
껴. 왜냐면, 거짓말은 사람을 약하게 하니까. 마
치 충치처럼 조금씩 조금씩 썩어가게 하니까. 세
월이 흘러도 사람이 강해지지 않는다면 바로 그
런 경우겠지. 하지만 난 진실을 택했어."
_한강 산문집 《사랑과 사랑을 둘러싼 것들》 중에서

거짓말은 사람을 약하게 한다. 그러니, 진실로 강
해지기 위해 지금의 불행을 거침없이 차버리자.

아 그리고 더 늙기 전에, 더 늦기 전에 하루라도
먼저 충치를 빼야 치료비도 적게 들고, 치료받는
고통도 줄어든다. 당장 적당히 아프니깐, 치과가
기 무서우니깐, 바쁘니깐, 죽을 만큼은 아니니까
하는 심정으로 그대로 두면 나처럼 큰 코 다친다.
젊은 나이에 임플란트 시술을 받느라 엄청 많이
고생했다. 이 충치법칙은 직장생활, 결혼생활에
도 그대로 적용된다. 그때그때 제거하자.

Monday's sentences

04

일상이
시가
되는
순간들

정말로
'해보고 싶다'
는
마음

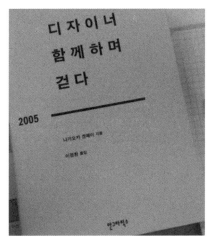

《디자이너 함께하며 걷다》
나가오카 겐메이, 안그라픽스, 2010

디자인이라는 틀 안에서 디자인을 가르치려 한다
면 디자인에서 느낀 흥미를 꺾어 버리게 될 수도
있다. 학교에서는 디자인을 가르치고 싶지 않다.
컴퓨터 안에는 디자인의 즐거움이 절대로 존재하
지 않는다. 어떻게 해야 학생들에게 그런 사실을
깨닫게 할 수 있을까. (…) 나는 디자인이 갖추고
있는 본질을 좋아한다. 그리고 생각한다. 디자인
을 학교에서 배우지 않기를 정말 잘했다고. 물론
기초는 배워야겠지만, 그 다음은 자유다. 그때 디
자인은 어떤 모습이어야 할까. 그때를 맞이한 여
러분과 어떻게 디자인을 생각해 나가야 할까. 영
어 실력은 형편없었지만 영어로 노래를 부르는
즐거움을 알고 있었던 나의 디자인 수업이 이제
곧 시작된다.

아아아아. 날씨가 정말 좋아서 점심 먹고 사무실로 들어오는
길이 너무나 우울했다. 그러나 난 할 일이 '있는' 몸이니 마음
을 다 잡고, 감성을 두드리는 제목을 생각하다가 졸음이 밀려
들고 작업의 효율성이 떨어지면서… 온몸에서 카페인을 울부

짖었다. 어서 충전해, 어서. 톨 사이즈의 아메리카노를 들이마
셨다. 여전히 가출한 내 영혼은 돌아올 생각을 하지 않는다.

결국 참다못해 내 업業의 멘토, 나가오카 겐메이(일본의 그래픽
디자이너)의 책을 펴들었다. 《디자인 하지 않는 디자이너》와
《디자이너 생각위를 걷다》도 틈날 때마다 읽곤 했는데 이 책
은 제일 마지막에 산 나가오카의 일기장이다. 2005년부터
2009년까지의 일기(블로그 포스트)를 담고 있다. 안그라픽스의
안정감 있는 디자인이 마음에 든다. 무엇보다 여전히 일벌레
인 나가오카의 작업 철학들이 '졸린 나'를 깨운다. '정성을 다
하여 의뢰장을 작성하는 것'에서부터 '청주를 마실 때 지역의
맛을 음미하는 법'까지 디자인에 관한 철학이 기본적으로 깔
린 사유들을 담담한 어투로 펼쳐놓는다. 가령 다음과 같은 평
범한 문장에도 힘이 있다.

　　　　오늘도 디자인 여행 명소를 조사하면서 밤을 새
　　　　우고 있다. 이번 주는 도록이 입고된다. 현 상태
　　　　로는 아무리 노력해도 시간이 부족하다. 0.1밀리
　　　　미터씩 진행하는 수밖에. 이런 작업은 내일도 계

속될 것이다.

'스포트라이트는 영원히 비추지 않는다'는 사실을 아는 저자는 오늘도 묵묵히 자신의 길을 걸어가고 있다. 화려한 성공담이 아니기 때문에 울림이 더 크다. 이렇게 칭찬 일색인 이유는, 무슨 말을 해도 나가오카는 '진심'이 묻어나기 때문이다. 일할 의욕이 없어질 때마다 읽어두어야 한다.

그는 중학생도 행동에 나설 수 있는 디자인을 꿈꾼다. 나는 초등학생도 이해할 수 있는 카피를 꿈꾼다. 디자인을 가르치는 데에 디자인은 필요 없고, 책은 읽는 게 아니라 느끼는 거라는 사실을 어떻게 하면 잘 전달할 수 있을까. 고민하는 동안, 나는 성장한다. 당신도 나가오카와 함께하며 걸어보고 싶지 않은가.

일을
계속 할 수
있었던
이유

《작가의 시작》
바바라 애버크롬비, 책읽는수요일, 2016

어릴 때 어른들이 하던 말을 기억하는가? "그 책
내려놓고 밖에 나가 놀아" "책 그만 읽고 숙제
해!" 이제 당신은 어른일 뿐 아니라 작가다. 그러
니 아무도 당신에게 책을 내려놓으라고 하지 않
을 것이다. 게다가 앉아서 "그냥" 읽기만 해도 당
신은 일을 하고 있는 셈이다(Remember when you
were a kid and some adult would say, "Put that book
down and go outside." Or "Stop reading and do your
homework!" Well, now you're not only an adult but also
a writer, so no one can ever again tell you to put the
book down. Besides, when you're sitting there "just"
reading, you are at work).

책을 "그냥" 읽고만 있어도 일을 하고 있는 직업. 정말 나에겐
꿈의 직업이 아닐 수 없었다. 회사에서 책값도 지원해주고, 원
하는 책은 대부분 쉽게 구할 수 있었다. 책을 읽고 글을 쓰면
돈을 주는 부업도 하고 있다. 책상에 앉아 컴퓨터 모니터를 쳐
다보며 자판을 두들기지 않고, 하루 종일 참고도서를 읽어도
일하는 거였다. Whoa! 자기 일을 사랑하는 만큼 열정노동도

많은 분야이다. 내가 사랑해마지 않던 출판이란 것이 말이다.

한국을 떠날 때 챙겨온 몇 권 안되는 원서인《작가의 시작》(원제: A Year of Writing Dangerously, 2016년 개정판)을 매꼭지 영문과 한문을 비교해서 읽고 있다. 나는 이 책의 한글번역판의 편집자(였)다. 내가 만든 초판의 제목은《인생을 글로 치유하는 법》이었다. 외서를 만들 때 제목과 소제목들을 국내 정서에 맞게, 혹은 컨셉에 더 적합하게 바꾸기도 하지만 이 책은 거의 원서와 동일하게 만들었다. 본문 번역도 깔끔하게 되어서 손 볼 구석이 별로 없는 책이었다. 아마, 제목은 나의 욕심이었는지 계속되는 제목 회의에 지쳤는지 몰라도 지나치게 친절하게 바꿔 만들었던 것 같다.

회사에 다니지 않는 요즘도 일주일에 한번은 생리통 때문에 회사에 못 간다고 말하는 악몽을 꾼다. 원하는 책을 마음껏 읽을 수 있는 직업을 가졌지만, 나는 가끔 혹은 자주 회사를 빼먹었다. 매달 아주 지독한 두통을 견뎌내야 했고, 걸핏하면 위와 장이 트러블을 일으켰기 때문이다. 근데 아파서 회사를 못 간다고 전화로 말하는 것 자체가 싫어서 아픈 배를 끌어안고 억지로 출근을 한 적도 많았다. 그래도 어제 새로 산 옷을 입고, 그 옷에 어울리는 가방에 새로 나온 커피우유를 사들고 출근하는 아침이 끔찍하기만 했던 것은 아니다. 출근하면 나를 기다리는 미완성의 원고뭉치들이 있었다. 보고만 있어도 기분이 좋아지는 내지용 사진과 일러스트가 있었다. 손을 대면 확실히 좋아지는 문장들이 있었다.

"그냥" 읽기만 해도 월급이 나오는 직업은 없다. "반복해서 생각하다 보면, 머릿속에 계속 갖고 있으면, 결국 다른 무언가와 연결"된다. 그 연결지점이 바로 내가 '일을 계속 할 수 있었던 이유'이다. 간단해 보이지만, 속 깊은 책 속 충고 365개가 그 이유를 증명한다. 원서의 문장도 쉽고 명확해서 영작할 때 참고할 만하다. 누구나 알고 있지만 실천하지 못하는 글쓰기의 습관들이 당신의 무의미해 보이는 오늘을 생산적으로 이끌어 줄 것이다.

도시
속의
숨은
시인들

《젊은 시인에게 보내는 편지》
라이너 마리아 릴케, 소담출판사, 2010

당신이 어떤 직업의 문턱에 들어섰다는 것은 좋은 일입니다. 직업은 당신을 자립하도록 만들어 주며, 어떤 의미에서는 당신으로 하여금 굳건하게 서도록 해줍니다. 직업 때문에 당신의 내적인 생활이 제약을 받는다고 느낄 때까지는 우선 참고 기다리십시오. 저도 직업이란 매우 어렵고 까다로운 것으로 여기고 있습니다. 직업은 인습에 짓눌려 있기 때문에 개인적인 의견이 발붙일 여지가 없습니다. 그러나 당신의 고독은 그런 속에서도 당신이 의지하는 고향이 될 것이며, 그 고독으로 인해서 당신은 자신의 길을 발견할 것입니다. (It is good that you are entering first of all upon a profession which makes you independent and places you on your own in every sense. Wait patiently to see whether your innermost life feels constrained by the form of this profession. I consider it a very difficult one and a hard taskmaster, as it is burdened with much convention and gives hardly any scope to a personal interpretation of its tasks. But your solitude will be

your home and haven even in the midst of very strange
conditions, and from there you will discover all your
paths).

또 이 책이다. 나는 정말 반복해서 읽는 걸 좋아한다. 그 중에
서도 이 책은 계속해서 읽는다. 어제는 아이북스Books에서 영
문판 전자책도 샀다. 영문을 한글로 옮기거나, 한글을 영문으
로 옮기면 미묘하게 의미가 다르게 느껴진다. 일상 회화에서
그런 미묘함을 표현하는 것은 이번 생엔 틀린 것 같지만 그래
도 영문을 읽다보면 이제 그 흐름이 보인다. 나라면 다르게 번
역했을 것 같은데, 이 문장의 번역은 정말 영문보다 좋은데,와
같은 이 생각 저 생각으로 독서의 시간은 길어진다. 한국에선
꿈만 꾸다 만 고요와 고독, 낯선 시간들, 낯선 언어, 뜻 모를 단
어들을 흡수하다보면 어느새 주말이 온다. "어디에도 아름다
움은 있는 법there is much beauty everywhere"이라 그런가보다.
치열할 것 없던 직장생활에도 고독은 분명 존재했다. 지금보
다 오히려 더 외로웠다. 적나라한 형광등 아래에서의 식사. 목
줄(사원증)을 건 사람들 속에서 급하게 마시는 커피. 담배꽁초
와 껌 자국이 가득한 골목길과 계단들. 어쩌면 시인은 시골보

다 도시에 많은지도 모른다. 그저 미처 발견하지 못했을 뿐.

> 예술도 역시 삶의 한 방법이고, 살다 보면 자신도
> 모르는 사이에 그 예술에 대해 마음의 준비를 갖
> 출 수 있게 됩니다. 현실 속에 있는 것이, 비현실
> 적이고 반예술적인 직업에 종사하는 것보다는 훨
> 씬 예술에 가깝습니다. 그런 직업이란 예술에 가
> 까운 척하지만, 실제로는 모든 예술의 존재를 부
> 정하고 공격하는 것입니다.

나의 직업이 "돌처럼 딱딱해서 생명력이 없다는 것"을 알게 되
었다면 벗어나야 한다. 그것이 주었던 독립의 열매는 처음에
는 달지만 곧 쓰레기통에 버려질 앙상한 씨와 같다. "당신의
삶에 대한 최초의 진지한 작업"은 분명 당신의 내부 속에 자리
잡고 있을 것이다. 항상 함께 있는 고독을 햇빛이 잘 비치는
곳에 놓아두자. "자기 내부로부터의 필요에 의해서 이루어진
예술 작품은" 언제나 자기계발서보다 유용하다.

보는 법을
다시
배우고
있다

《마티스와 함께한 1년》
제임스 모건, 터치아트, 2006

창조적인 삶은 멋진 삶, 그러나 그 대가는 쪼들리는 삶이다. 이건 신경질쟁이 상사가 내리는, 삶을 야금야금 갉아먹는 명령을 받드는 대신 하루하루 자기 마음이 이끄는 대로 살기 위해 치르는 어쩔 수 없는 대가다. 아내 베스와 나는 둘 다 작가다. 몇 년 전에 나는 잡지 편집자로 일했다. 그러니까 똑같이 책상 앞에 앉아 있어도 지불능력이 있는 시기였다. 그런데도 나는 함께 일하던 작가들이 누리는 눈에 보이는 자유를 동경했다. 개 한 마리를 데리고 숲 속을 한참 거니는 것, 그게 그들이 생각하는 기획회의였으니까. 따라서 작가로 전향하는 것은 예정된 일이었다. (…) 하지만 이런 삶에 깃든 모든 낭만에도 생활은 그리 만만치 않았다. 여느 창조적인 과정을 보더라도, 돈과 예술은 샴쌍둥이 같아서 대개 한쪽만 살아남는다. 우리는 양쪽을 다 살리려다 적잖은 빚을 떠안았다. 물건을 사서 진 빚이 아니라 시간을 사기 위해 진 빚이었다.

내가 제일 좋아하는 화가는 언제나 앙리 마티스다. 잊어버릴 만하면 그와 관련된 모든 자료를 모은다. 이 책도 그 중 하나이다. 표지도 작가도 출판사마저 낯선 책이다. 특이한 점은 공간적인 여행과 정신적인 여행이 공존한다는 것이다. 서문부터 나를 사로잡은 이 책의 저자 '제임스 모건'이 잃어버린 내 쌍둥이(?)가 아닐까 가끔 생각한다. 그처럼 나도 "우리가 나이를 먹을수록 영웅들도 향이 무르익는다. 이제 내 나이 쉰아홉이 되어 세상을 둘러보니, 내가 생각하는 영웅은 마티스"라고 떠들고 다닌다.

세상이 불안정하게 느껴지는 날이면 도서관보다는 미술관으로 향했다. 물감이 단어보다 즉흥적이어서 좋았다. 물론 월급쟁이 신분이라 이 책의 저자처럼 두 달이 넘게 프랑스에 살지는 못했다. 책을 통해 그와 함께 마티스의 발자취를 따라가며 마티스의 직업관(예술관)에 전율을 느끼는 것만으로 만족하는 나는 역시 '책이면 충분한 여자'이다. 마티스는 "손에 물감상자를 쥔 바로 그 순간, 이것이 바로 내 삶이라고 확신했다." 그리고 좋아하는 대상을 향해 정면으로 돌진하는 짐승처럼 작업에 뛰어들었다. 그 일은 그에게 대단히 매력적이었고, 일종의 낙원이었다. 그 안에서 그는 철저한 자유와 고독과 평화를 맛보았다. '삶의 기쁨'이 그가 그린 그림에 가득하다. 눈이 보이지 않아 그림을 그릴 수 없었던 여든다섯에도 선명하게 채색된 종이들을 오려서 작품을 완성했다. 창조에 대한 마티스의 이토록 강렬한(그가 사랑했던 '빨강색' 그 자체) 의지와 우직한 성실성은 나를 고무시킨다.

가끔 가르치기 위해, 해석하기 위해 그리고 내 자신이 얼마나 똑똑하고 많이 배웠는지 내보이기 위해 글을 쓸 때가 있다. 그럴 때마다 감히 '마티스'처럼 보고 그리고 생각하려고 노력한다.

일상생활에서 우리가 보는 모든 것은 후천적인 습관에 따라 다소 왜곡된다. 이런 현상은 영화 포스터와 온갖 잡지들이 매일같이 틀에 박힌 이미지들을 쏟아내는 오늘날에 더욱 자명해 보인다. 편견이 마음을 오염하듯, 이런 이미지들은 눈을 오염시킨다. 왜곡 없이 사물을 보려면 용기가 필요하다. 그리고 이런 용기야말로 모든 대상을 항

상 처음 보듯 대해야 하는 화가들에게 반드시 필
요하다. 화가들은 어린아이였을 때와 똑같은 시
선으로 삶을 바라보아야 한다. 이런 능력을 잃어
버리면 자신을 독창적인, 다시 말해 개인적인 방
식으로 표현해낼 수 없게 된다.

수많은 '종결자'가 나타나는 요즘, 모든 것을 마치 처음 보는
것처럼 본다는 것이 얼마나 어려운 일인가. 저자의 우울하고
비관적인 성향(잡지편집자의 직업병)이 마티스의 긍정적인 정신
으로 치유되는 여정을 따라가다 보면, 자연스럽게 '보는 법'을
다시 배울 수 있다. 무엇보다 성실히 일하고 싶어질지도 모른
다. 나처럼.

마티스는 50년 동안 단 한순간도 작업을 중단한 적이 없다. 하
루 중 첫 작업 시간은 아홉 시에서 열두 시까지이고, 그런 다
음 식사하고, 식후 잠깐 낮잠을 잔다. 두 시에 다시 붓을 집어
들고 저녁까지 일했다. 오피스 아워를 이보다 철저히 지킨 이
가 있을까 싶을 정도로 그는 '정직한 노동자'였다. 그는 무엇보
다 헤밍웨이나 고흐처럼 자살하지 않았다. 당분간 매일 출근

하듯 카페에 가서 일을 해야 하는 나로선 그만한 멘토도 없다. 더 이상 시간에 빚지지 않기 위해 그의 작업스타일을 모방할 생각이다.

> "나는 평형과 순수성의 예술, 불안정하거나 혼란스럽게 만들지 않는 예술을 추구한다. 나는 지치고 스트레스를 받고 낙담한 사람들이 내 그림을 보고 평화와 고요를 찾을 수 있으면 좋겠다."
>
> _앙리 마티스Henri Matisse

마티스가 자기 작품 중 가장 뛰어난

그림으로 여긴 〈Studio under the Eaves, 1903〉.

작고 어둡고 초라한 임시화실이지만,

이 차단된 방에서 홀로 그림을 그리며 마티스는

무한한 평온함을 느꼈다고 한다.

물론 많은 학자와 비평가들은 이 그림을 밀실공포증과

결핍의 초상으로 해석하였다.

열린 작은 창으로 스민 햇살이 보인다.

이 창을 통해 그는 많은 것을 새롭게 보았다.

오늘보다
젊은
나는
없다

《문학의 도끼로 내 삶을 깨워라》
문정희, 다산책방, 2012

분명한 것 한 가지는 생애를 통하여 오늘보다 더 젊은 나는 없다는 것이다. 우리가 슬퍼해야 할 것이 있다면, 그것은 하루하루 나이가 들어간다는 사실이 아니라, 바로 나이의 수치만큼 정신이 함께 성숙하지 못한다는 것인지도 모른다.

엄마는 하루하루 나이가 들어간다는 사실이 서럽다고 자주 말하곤 했다. 그때마다 나는 매일매일 새로운 걸 배우고, 새로운 문장을 읽어서 좋다고 속 편하게 대꾸하곤 했다. "너는 모른다. 너도 나이 들어봐라." 엄마는 왜 저렇게 나이 타령을 할까, 아직도 젊다고 생각하는 나는 그 깊은 서러움을 이해하지 못한다. 엄마 나이가 되면 나도 매일 거울을 보며 한숨짓게 될까.

문정희 시인은 나이만큼 정신이 함께 성숙하지 못한다는 것이 슬픈 일이라고 말한다. 나이를 먹어서도 더 욕심이 많아지고, 남을 헐뜯고, 자신이 주인공이 아니면 화를 내고, 나이가 지위라고 생각하는 사람들을 많이 보아왔다. 그럴 때마다 하루하루 제대로 나이를 먹자, 라고 마음속에 꼭꼭 눌러 다짐한다. 오래된 연인이나 익숙한 친구에게 지루함을 느껴서 함부로 대한다면 정말 나이를 허투루 먹는 것이다. 나이가 많다는 이유만으로 처음 만난 사이에 말을 함부로 놓는 건 무식함의 극치이다. 어린 아이처럼 호기심이 많은 것도 아니면서 나이를 무기로 어리광 부리는 것만큼 추한 것도 없다.

오늘보다 젊은 나는 앞으로 절대 없다. 이 사실에 슬퍼하지 않으려면, 하루를 살아도 제대로 살아야 한다. 제대로 자고, 제대로 차려먹고, 제대로 대접받고, 제대로 항의하고, 제대로 인사하고, 제대로 읽어야 한다. 남과 비교해서 나를 비웃고 혹은 나와 비교해서 남을 비웃고, 좋은 문장을 칭찬하기보다 잘못된 문장만을 나무랄 때 나이는 서서히 발효되지 못하고 매일 조금씩 상하게 된다. 20대보다 30대인 지금이 좋은 이유는 하루하루 배울 것이 늘어가고, 보고 듣고 읽고 싶은 것이 쌓여서 더는 지루할 틈이 없어서다.

한글뿐만 아니라 영어로 된 책까지 '읽어야 할 책' 리스트에 추가되어 더없이 빽빽한 독서 노트를 가지게 되었다. 나처럼 영어를 제2외국어로 배우는 이들에게 영어 문장의 규칙을 쉽게 설명하는 카테고리도 새로 만들었다. 13년간 잘못 배운 영

어를 생존 영어로 변신시키려면 제대로 된 '반복'만이 살 길이
다. 인터뷰를 찾아 듣고, 패턴을 외우고, 나와 관련된 문장을
영작해서 또 외운다. 잘못 알고 있던 발음을 발음기호를 보고
듣고 고친다. "그리고 책은 언제나 나와 가장 내밀한 혈연을
유지하고 있다."

어제보다 늙었다는 건, 남편과 함께 먹은 밥그릇 수가 늘었다
는 것이고, 말할 수 있는 영어문장이 하나 더 늘었다는 것이
다. 읽은 책 한 권이 추가되었고, 이해하고 싶은 기사가 하나
늘었고, 내려 마신 커피의 양도 증가했다. 자고 나면 구름과
새소리가 나의 늙은 하루를 축복해줄 것이다. "나는 어쩔 수
없이 영원한 문자족의 인간, 나의 조국은 언어이고 나의 모교
는 책이었다."

생고생은
언제나
나의
것

《소설가의 일》
김연수. 문학동네. 2014

어떤 제안을 받자마자 "그거 재미있겠네요"라고 말할 때가 있다. 그 말의 속뜻은 '그거 한 번도 안 해본 일이에요'이다. 내게는 처음 하는 일은 다 재미있을 것이라는 선입견이 있어서 늘 고생이다. 영화 〈잘 알지도 못하면서〉에 나온 내 모습을 떠올리면 이게 무슨 소리인지 알 것이다. 그런데 그 짓을 하도 하다보니까 그 선입견은 삶의 신조가 돼버렸다. 남들이 안쓰럽다고 혀를 차는데도 나만은 재미있다면, 그건 평생 해도 되는 일이다.

생고생. 이건 어쩌면 나를 위해 만들어진 말일 수도 있다. 나는 세상에서 지루한 게 제일 싫다. 지루한 걸 좋아하는 사람도 만나보았지만, 뭐든 싫증을 잘 내는 나와 정말 상극이었다. 자꾸 새로운 것만 찾다 보니 내 몸도 마음도 적응하느라 매일 '생고생'이다. 지난해에는 직장을 세 번이나 옮겼더니 일 년이 하루처럼 짧게 느껴졌다.

변함없이 좋아하는 것들도 있다. 아침에 마시는 커피라던지, 자주 쓰는 향수와 같은 것들은 꾸준히 같은 브랜드를 산다. 하지만 애정의 유통기한이 일 년을 넘기기 힘들어서 어떤 것이든, 그것이 물건이든 길이든 인간관계든 조금씩 변화를 줘야 견딜 수 있다. 그래서 생전 처음 겪는 힘든 일 앞에서 오히려 〈체험, 삶의 현장〉 속 주인공들처럼 힘이 불끈 솟아오른다.

이런 나의 유별난 성정을 잘 이해해주는 글을 만났다. 김연수 작가가 문학동네 카페에 연재했던 《소설가의 일》 속 문장들이 그것들이다. "인간은 누구나 최대한의 자신을 꿈꿔야만 한다"는 계몽적인 문장에 밑줄을 긋는다. 전자책 어플에서는 밑줄을 두 번 그으면 문장이 진해진다. 글자가 흐려질 때까지 마음에 드는 문장에 여러 번 밑줄을 긋다보면 그 생각이 내 것이 된 것만 같다.

> 자기에게 없는 것을 얻기 위해 투쟁할 때마다 이야기는 발생한다. 더 많은 걸, 더 대단한 걸 원하면 더 엄청난 방해물을 만날 것이고, 생고생(하는 이야기)은 어마어마해질 것이다. 바로 그게 내가 쓰고 싶고 또 읽고 싶은 이야기다. 그러니 나는 당연하게도 모든 사람들이 최상의 자신이 되

기 위해서 원하고 또 원하는 세계를 꿈꾼다. 인간
은 누구나 최대한의 자신을 꿈꿔야만 한다고 믿
는다.

'최대한의' 나를 위해, 지금 또 달리고 있다. 쉽게 넘어지고 무
릎이 까지고 멍이 들어 화가 날 때도 있다. 매일매일이 변화의
연속이다. 이것이 나의 의지가 아니라 남(회사)의 '의지'에 의
해 좌지우지되다보니 서서히 지쳐간다. 이렇게 열심히 살면
뭐하나, 내 이름은 그림자처럼 숨겨야 하는데. 그 증거로 나는
개인블로그를 거의 돌보지 못하고 있다. 집에 가면 쓰러져 잠
들기 일쑤다. 그러나, 아마 6개월은 이렇게 살아도 살 만할 것
이다. 낮 동안 바쁘게 살다보면 새로운 일, 새로운 장소, 새로
운 사람들 그리고 새로운 문장들이 반짝반짝 빛난다. 겪어두
면 책이 될 지도 모를 일들이다. 이야기는 계속되어야 한다.
그러기에 난 오늘도 '생고생'을 시작한다.

되는 것도 없고
안 되는 것도
없는
세계

《보다》
김영하, 문학동네, 2014

> 택시는 그 안에서 일하는 노동자에게도, 그것을
> 이용하는 승객에게도 큰 만족을 주지 못한다. 그
> 런데도 택시는 사라지지 않는다. 아무도 좋아하
> 지 않지만 언제나 거기 있는 존재, 그것이 택시
> 다. 천국도 지옥도 아닌, 택시는 교통수단 세계의
> 연옥이라 할 수 있다.

이름만 경쾌한 택시Taxi. 나는 소설가 김영하가 교통수단 세계
의 연옥이라고 정의한 택시를 지난 십 년간 참 많이도 탔다.
눈앞에서 마을버스를 놓치면 택시를 잡아타고 지하철역으로
갔고, 지하철역에서 내리기 싫으면 그대로 사무실로 갈 때도
있었고, 주말마다 먼 버스정류장까지 걸어가기 싫으면 집 앞
도로에서 잡아타고 남자친구한테 갔다. 밤에는 콜택시를 불러
서 남자친구가 데려다주고, 남자친구는 타고 온 택시를 다시
타고 집으로 돌아갔다. 불편한 신발 때문에 발이 엉망이 되어
도 탔고, 목동으로 치과 치료를 받으러 다닐 땐 목동에서 안암
동까지 팅팅 부은 얼굴을 냉찜질하면서 택시를 타고 그 먼 길
을 돌아왔다.

혼자 택시를 탈 때, 좋았던 기억보다 안 좋은 기억이 훨씬 많았다. 기사님들은 대게 말이 아예 없거나(내 돈 내고 타면서 얼마나 많은 눈치를 보았던가), 말이 너무 많아서 나를 피곤하게 했다(어떻게 모든 택시기사 아들딸들은 SKY에 들어갈 수 있었을까…). 욕은 언제나 기본이고, 도로에서 벌어지는 온갖 스트레스를 함께 겪다 보면 내릴 곳에서 못 내리거나, 왠지 길을 돌아가는 것처럼 느껴져 분하고, 약속 시간에 제때 도착하기도 힘들었다. 아침부터 차 안 가득 트로트를 크게 틀어 내 상쾌한 기분을 망치기도 했고, 담배 냄새와 아저씨 냄새가 연합해서 내 코를 마비시켰다. 브레이크를 하도 밟는 바람에 목 디스크가 재발할까 두려웠고, 막혔던 길이 뚫리면 '분노의 과속'은 기본이었다. 막히는 길에서 무섭게 올라가는 요금 미터기를 헤어진 애인보다 애처롭게 쳐다보곤 했다. 남자친구와 함께 타면, 기사와 시비가 붙을 뻔한 적도 많아서 언제나 좌불안석이었다(제발 정치 이야기는 하지 말아주세요, 네?!).

연옥은 천국과 지옥 중간에 있다. 로마 가톨릭이 연옥을 창조해낸 것은 천국과 지옥의 이분법만으로 사후세계를 설명하는 데 어려움을 겪었기 때

문이다. 연옥은 되는 것도 없고 안 되는 것도 없
는 세계다. 지옥처럼 괴롭지도, 천국처럼 행복하
지도 않다.

자동차의 천국인 미국도 시카고나 뉴욕 같은 대도시에서는 자
가용보다 택시를 애용하게 된다고 한다. 물론 몇 블록은 기본
적으로 걸어다녀야 하는 살인적인 물가를 자랑하지만. 한국은
택시 값이 지나치게 비싸지도, 그렇다고 다른 대중교통보다
싸지도 않다. 그래서 나같이 평범하고 개념 없는(?) 뚜벅이 직
장인들이 많이 이용한다. 늦어서 빨리 가야하는데, '빈 차' 몇
대가 연달아 내 앞을 지나쳐갈 때의 절망감이 기억난다. 왜 나
는 이 나이 먹도록 차 한 대 없을까, 왜 나는 이렇게 시내에서
먼 곳에 사는 걸까, 왜 항상 내가 잡은 택시는 교대 근무 시간
일까. 택시를 타다 보면 보기 싫은 도시의 민낯을 억지로 보게
되어 괴로웠다.

그럼에도 불구하고, 택시가 없었다면 나의 오랜 연애도 불가
능했을 것이다. 더 많이 지각했을 것이다. 더 많이 병가를 냈
을 것이다. 힘들게 도로에서 일하는 이들의 한숨을 알지 못했

을 것이다. 합승이 없어지고, 현금보다 카드로 계산을 하게 되면서 택시는 내게 최고의 운송 수단이 되었다. 클래식 음악을 틀고 북악 스카이웨이 길을 따라 나를 누하동까지 데려다 주었던 택시 기사님에겐 분에 넘치게 팁까지 주고 싶었다. 오늘따라—기름값이 물값만큼 싼 미국에서—서촌으로 향하던 그 주황 택시가 생각난다. 그날 서촌엔 벚꽃이 흐드러지게 펴 있었다. 괴롭지도, 행복하지도 않았던 그런 나날들이었지만, 지난 십 년간 수없이 탔던 택시에 대한 보상처럼 느껴졌다. 덕분에 모아놓은 돈은 더 없어졌지만 말이다.

진짜 일을 해,
인생은
생각보다
짧아

《작가란 무엇인가 2》
올더스 헉슬리 외 다수, 다른, 2015

"많이 바뀌었지요. 무슨 일이 있었는지 아세요? 약간의 재능을 최대화하려고 애쓰고 중도에 포기하거나 정체되지 않는다면 더 진지하게 받아들여지게 됩니다. 제가 쓴 책을 읽으면서 자라온 사람들이 기존 문학계의 일부가 되어서, 그들이 경험한 문학계의 한 부분으로 저를 받아들여주었습니다. 어떤 방식으로든 저는 더 공정한 대접을 받게 되었습니다."_스티븐 킹

일상적 삶의 기이한 순간을 담는 작가로 알려진 스티븐 킹 Stephen King. 그런데 나는 그동안 스티븐 킹을 영화의 원작자로만 대했지, 소설가로 제대로 만나본 적이 없다는 것을 깨달았다. 공포, 스릴러를 잘 읽지 못하고 장르 소설은 끝까지 읽어본 기억이 없어서 더욱 그랬을 것이다. 그러다 읽은 《작가란 무엇인가 2》 속 스티븐 킹의 긴 인터뷰를 읽고 처음으로 그의 단편집 《모든 일은 결국 벌어진다》를 다운받았다. 시간가는 줄 모르고 이야기 속으로 빠져들었다. 그는 괴기소설, 서스펜스물 작가, 공포물의 대가이지만 동시에 "소설가의 소설"도 쓸 줄 아는 작가였다.

말년에 전미도서상 평생 공로상 수상을 비롯해, 전문가(소위 칼럼니스트)들도 인정하는 작가가 된 스티븐 킹의 독설은 생각보다 여운이 오래갔다. 그는 언제나 앞서 있었고, 자신의 재능을 누구보다 믿었다. 그는 모든 권위를 비웃고 자신을 작가로 만들어준 술, 마약, 우울증, 교통사고 후유증(진통제 중독)까지도 유쾌하게 숙명적으로 받아들인다. 그는 "빌어먹을 낙관론자"이기 때문이다. 《캐리》, 《미저리》, 《샤이닝》, 《쇼생크 탈출》, 《그린 마일》, 《미스트》 등 그의 소설은 거의 대부분 영화로 만들어졌고 이제는 새로운 고전으로 불릴 일만 남았다. 그럼에도 그는 여전히 현역이길 꿈꾼다.

아이고, 이미 쓴 것을 반복하고 싶지는 않은데. 조잡한 싸구려 작품을 쓰고 싶지 않아. 계속 일하고 싶을 뿐이야. 이 방에서 이미 모든 영역을 탐구해버렸다는 생각을 받아들일 수는 없어.

내 글을 읽던 사람들과 함께 나이 들어가는 기쁨이 크다. 꾸준히 하다보면 진지하게 받아들여질 날이 분명 올 것이다. 담배를 깊게 한 모금 빨고, 미국 중산층의 일상적인 삶을 골똘히

관찰하는 노 작가의 손이 보인다. 그의 방은 쓰고 있는 소설에 관한 자료와 기록들로 가득차 있다. "서로 다른 플롯의 흐름을 정확히 기억하려고 항목별로 요약해"놓았다. 구글google 신을 믿기 때문에, 구글에서 가장 재미있는 관련 사건을 검색해서 소설 속에 녹여낸다. 그냥 탄산수가 아니라 '펩시'를 마시고, 그냥 두통약이 아니라 '엑세드린'을 씹어 먹는 주인공을 묘사한다.

그는 음악을 틀어만 놓을 뿐이지 실제로 전혀 듣고 있지 않다. 그냥 배경일 뿐이다. 그에게 하나뿐인 서재방보다 더 중요한 것이 있다. 그건 "할 수 있는 한 매일 일하려고 애쓰는" 것이다. 지칠 줄 모르는 이 글쓰기 괴물은 컴퓨터로 혹은 손으로 쓴다. 스릴러 초짜인 나는 그의 책을 단편소설집부터 시작해서 모조리 읽어볼 생각이다. "만일 어떤 일을 하려 하고 누군가 그 일에 돈을 지불한다면 할 수 있는 한 최선을 다해야 한다고 생각"하는 작가를 믿기 때문이디.

무슨 일이
생길지
몰라서
좋아

《내리막 세상에서 일하는 노마드를 위한 안내서》
제현주, 어크로스, 2014

안락한 평생직장보다는 변화무쌍한 가능성의 세
계에 투신하는 것이 오늘날 성공한 사람들이 보
이는 모습이다. 한 가지 기술을 익혀 그것으로 평
생을 벌어먹을 수 있다면 안온한 삶일지는 모르
나 지루하다는 느낌을 피할 수는 없다. (…) 이런
현실에서 우리에게 필요한 것은 다른 종류의 정
박지를 마련해낼 상상력, 직업적 분열을 이어붙
일 새로운 상상력이다. 직업으로 자신을 규정할
수 있다고 생각하는 사람은 점점 드물어진다. 이
제 한 번 선택한 직업이 평생을 따라다니는 세상
도 아니다. 그럼에도 여전히 우리는 좋든 싫든 우
리가 하는 일 혹은 했던 일로 규정된다. 다만 그
규정이 과거처럼 견고하게 고정된 것이 아닐 뿐
이다. 액체처럼 유동하며 기꺼이 표류를 감싸 안
아야 하는 오늘날에도 "무슨 일 하세요?"란 말은
곧 "누구세요?"라는 질문이나. 좋든 싫든, 명함
은 당신의 현재를 말하고 이력서는 당신 삶의 역
사를 말한다. 당신 삶의 스토리는 늘 이렇게 일과
함께 전개된다. 필연적으로.

"정체성은 스스로 만드는 것"이라고 생각했던 건 딱 중학교 때까지였던 것 같다. 고등학교는 어딜 가든 '외국어고등학교 재학 중'이라고 쓰며 자부심을 가졌고, 대학교는 '인서울in Seoul 4년제'라는 허우대만 있었다. 평범한 졸업 후엔 직장, 또 직장, 직장, 또 직장. 탈진, 재충전, 다시 탈진… 의 반복. 새로운 사람들을 만날 때 가장 먼저 내미는 것이 '명함'이 된 순간부터 일은 나를 정의하는 가장 큰 존재였다.

오늘로 재택근무 4일차다. 시간을 자유자재로 쓸 수 있지만 대신 일과 일상의 구별이 불분명해졌다. 분명 프리랜서는 아닌데, 프리랜서처럼 퇴근 후 홀가분한 일상이 사라졌다. 삼시세끼 다 집에서 챙겨먹는 건 아니지만, 이제는 밥 먹는 시간도 효율적으로 줄일 필요성을 느낀다. 만들어 먹고 치우는 일이 많은 시간을 잡아먹기 때문이다. 업무일지를 매일 쓰고, 주간 업무계획표도 계속 작성한다. 근무시간엔 사내 통신과 네이트온에 접속해 있고, 사무실 전화는 핸드폰으로 착신전환 해놓았다. 집에서도 나는 '회사의 직원'으로 살아간다.

근태를 강조하던 직장인에서 벗어나 집에서 나만의 스케줄대로 일하고, 밥 먹고, 자고, 책을 읽고, 사진을 찍는 일상이 아직 까진 낯설다. "우리는 안정성을 원하되 반복성을 원하지 않는 다. 그러나 현실이 우리 손에 쥐어지는 것은 대개 안정성 없는 반복성뿐이다"라는 책 속 구절이 날 옭아매지 않도록 관성적 인 반복성을 피해야 한다.

"일에 몰입하는 순간들, 사람들의 의견이 부딪히고 그 의견들 이 공동의 작업으로 녹아드는 시간들을 좋아했"던 내가 지지 난 직장을 그만두었던 가장 큰 이유는 그 조직에 더 이상 내가 필요하지 않다는 자괴감이 들었기 때문이다. 일에 지쳤다거 나, 남편의 일자리가 해외로 정해진 것은 부수적인 이유였다. 늦게까지 일하는 것은 나를 위한 일처럼 당연하게 느껴졌다. 그러나 '우리'가 아닌 '나'만 존재한다면 나는 그 회사에 있을 필요가 없어보였다. 어느 순간 나도 회사에게, 그들에게 마음 의 문을 닫아버린 이유도 있었다. 생계유지를 위해선 원치 않 은 노동을 계속해야 했지만 그래도 '존재감 있는 손재'가 되기 위한 과정이라는 생각으로 버텼다.

현재 내가 소속되어 있는 회사는 써야 할 업무일지도 많고, 기

안도 끊임없이 수정해야 하며 책 한 권을 만들기까지 작성해
야 할 서류도 엄청나다. (지난 두 달간 엑셀파일 앞에서 얼마나 많이
짜증을 냈던가… 그리고 얼마나 많은 물건을 잃어버렸던가…. 출근버스에
지갑을 두 번이나 놓고 내렸다) 그렇지만 일단 실장님과 팀원들을
믿고 갈 마음이 생긴다. 집에서 혼자 일하고 있지만, 혼자라는
생각은 별로 안 든다. 멀고 먼 파주에는 일주일에 한 번만 가
면 되지만 가끔 자발적으로 갈 일도 생길 것이다. 외부미팅은
피할 수 없는 나의 업무이다. 성과는 탄력적인 근무제를 잘 활
용할 내 '시간관리능력'에 달려 있다. 하는 일은 같지만 근무형
태가 다르니 새로운 도전이 아닐 수 없다. 이 일이 끝나면, 또
한 권의 에세이가 써질 것 같다. 일은 언제나 스토리가 된다.

> 재미있는 일을 하는 것이 특권임을 은연중에 알
> 기 때문일 것이다. "나는 일이 재밌어"라는 말은
> "나는 특별한 사람이야"라는 말과 크게 다르지
> 않다. 일 자체가 즐거운 것인지, 즐거운 일을 한
> 다는 특권을 즐기는 것인지, 그 둘을 구분하기는
> 쉽지 않다.

수많은 인용문과 다양한 노동의 예가 등장하는《내리막 세상
에서 일하는 노마드를 위한 안내서》는 앞으로 계속 노마드처
럼 일해야 할 나의 교과서로 남을 것이다. 겉모습은 차갑지만,
안을 들여다볼수록 친절한 책이다. 책 출간 후 저자의 다양한
활동(강연 및 토론회 등)이 많은 이들에게 영감을 주고 있다.

자, 낮에는 감기로 인한 체력저하로 시간을 낭비했으니 다시
일에 몰입할 시간이다. 날 믿어준 사람들을 배신할 수는 없다
는 것이, 일의 원동력이 될 수도 있다니 신기하다. 출근 요정
은 월요일에만 나타날 것이므로 우선은 편하게 내 일에만 집
중하자.

버리는
시간
주워
담기

〈시간창조자〉
로라 밴더캠, 책읽는수요일, 2011

아메리칸 익스프레스에서 창업주들을 전담하는 오픈 사업부의 수전 소보트 사장은, 이런 자영업자들은 단순히 혼자 일하는 사람이 아니라 "자신들이 일하고 싶은 회사를 스스로 만들려고 애쓰는 사람들"이라고 설명한다. 소보트는 조직의 굴레를 벗어나기 위해 창업을 선택하는 사람들이 많지만 "그렇다고 조직에 몸담고 있을 때보다 일하는 시간이 줄어든 사람은 단 한 명도 없다"라고 지적한다. 주어진 168시간 중 일하는 시간이 몇 시간으로 달라지냐가 중요한 게 아니다. 그 시간을 자기가 컨트롤할 수 있는 것이 중요하다. 한마디로 시간은 양이 아니라 질의 문제이다.

샤워하는 순간에도 그 일을 생각하는 것만으로 행복한 사람들이 있다. 그들은 시간의 질을 높이는 '시간창조자'들이다. 이 책은 일과 가정을 모두 시킨 '슈퍼맘 혹은 슈퍼대디' 이야기라 비현실적으로 보이기도 하지만 시간을 탄력적으로 이용해야 하는 세상 모든 '프리랜서'들을 위한 시간 활용서 역할을 톡톡히 하고 있다.

"시간은 당신이 가진 유일한 자원이다. 그 자원을 어디에 쓸지는 당신만이 결정할 수 있다. 당신 대신 다른 사람이 그 자원을 써버리지 않도록 주의하라." _칼 샌드버그

자의반 타의반으로 프리랜서가 된 요즘, 어느 때보다 시간을 잘 사용해야 한다는 부담감에 잠도 제대로 못 자고 있다. 앉아 있기만 해도 월급이 나오는 '9 to 6' 직장인이 아니기 때문이다. 직장에 다닐 때는 능률 없는 보고와 회의 때문에 시간을 빼앗겼다면 혼자서 일할 때는 자유로운 만큼 '버리는 시간'이 많아서 문제이다. 종일 나의 존재감을 느끼며 사는 것도 연습이 필요한가 보다.

하루의 시작을 드립커피와 토스트로 열고 책과 관련된 책을 읽고, 격일로 블로그 포스팅을 하고, 낮에는 사람을 몰아 만난다. 밤이 되면 올 여름 출간 예정인 '내 책 쓰기'에 몰입한다. '잘 보낸 하루'가 그렇다. 하지만 한번 시간 감각을 잃어버리면 (잠을 늘어지게 잔다거나 아무 생각 없이 TV를 본다거나 하면), 하루는 절반으로 줄어든다. 밥 한 번 챙겨먹었을 뿐인데 직장인들이

퇴근하는 시간인 6시가 되는 것이다! 어떻게 하면 쓸모없는 시간을 지울 수 있을까? 이 책에서 제시한 '시간창조자의 오피스 경제학'을 참고해보자면,

- 자신의 일정은 자기가 컨트롤한다: 가장 먼저 일의 우선 순위를 정한다
- 일과 비슷해 보인다고 실제 일로 착각하지 않는다: 일하는 도중 너무 자주 포털 사이트를 둘러 보거나 트위터, 페이스북을 확인한다면 절제하라!
- 직장인들은 불필요하게 긴 회의로 수다를 떨며 시간을 허비해 놓고는 마치 일을 한 것으로 착각하지 말라!
- 나의 관심이나 역량과 무관한 과제는 최소화하거나 제거한다: 아웃소싱하는 방법도 있다

특히 주목할 것은 '무엇이 일이고 일이 아닌지를 구분'해야 한다는 것이다. 노트북을 하루 종일 붙들고 사는 나로선, 일과 놀이의 경계가 때론 '강압적으로' 필요하다. 트위터와 오픈캐스트, 인스타그램을 운영하고 있는 블로거이기 때문에 기획 관련, 출판 관련, 디자인 관련 사이트를 즐겨찾기 해놓고 (포털

사이트 메인 뉴스 클릭을 최대한 자제한다: 밑줄 쫙!) 랜덤이 아니라 선택해서 들어가고 발행할 콘텐츠를 선별한다. 이 작업을 할 때 가끔씩 삼천포로 빠지기 쉽기 때문에 항상 프로 의식을 가지고 '매의 눈'으로 집중해야 한다. 구글 알리미 서비스를 통해 키워드 검색결과를 메일로 받아보는 것도 좋다. 《시간창조자》에는 블로거가 전문직업인으로 거듭나는 사례들이 다수 들어 있다. 그럼 파워블로거가 되기 위해 가장 필요한 자질은 무엇일까?

> 잉그램은 블로그를 시작하기 전부터 다음 단계 커리어가 어떤 모습인지 알고 있었다. 쓰레기 줄이는 데 일가견이 있는 절약 전문가로 통하고, 그걸 주제로 책을 쓰는 것이었다. 그 꿈을 이룬 잉그램은 이제 알뜰 살림을 주제로 다루는 TV 프로그램 사회자가 된다는 목표를 세웠다.

이제 국내에서도 수많은 블로거들이 책을 내고, TV에 출연하기 시작했다. 하지만 평범한 직장인이 밤낮으로 블로그에 매달려서 커리어를 쌓아가기엔 시간이 절대적으로 부족하다. 그래서 가장 잘 알고 있는 전문분야 즉, 자신의 직업과 관련된 주제의 포스트를 가장 먼저 써 나가는 것이 좋다. 너무 넓고 깊어서 막막한 블로그 세상에서 '무작정 쓴다'는 것처럼 어리석은 것은 없다. 출판사와 방송 매체에게, 자신에게 기회를 줘도 큰 리스크가 없다는 것을 증명하기 위해선 꾸준한 포스팅, 재빠른 피드백(댓글 포함), 전문성이 필수다. 자신만의 실적을 쌓아나갈 때 유념해야 할 점은, 거의 모든 분야의 사람들이 숫자를 좋아한다는 사실이다. 백 마디 말보다 한 개의 숫자가 설득하기에 효과적일 때가 많다.

소설, 에세이만 읽고 있으면 현실감각을 잃어버릴 때가 많아서 자기계발서를 양념처럼 읽는 것도 나의 '시간창조법' 중 하나다. 대신 문학과 달리 이런 책들은 시간을 정해놓고 읽고 독후감 대신 이 글과 같은 독서노트(책을 안 봐도 핵심내용을 알 수 있도록)를 작성하는 것을 잊지 말아야 한다. TV, 집안일, 심부름 혹은 스마트폰과 같은 시간도둑들에게 시간을 빼앗기고 있다면, 이 책을 읽고 언제든지 어디서든 즐거움을 준비하는 '시간창조자'가 되어보는 건 어떨까?

작지만
확실한
행복을
위하여

《무라카미 하루키 잡문집》
무라카미 하루키, 비채, 2011

사야마 마사히로 군은 당시 아직 국립음대 학생이었고, 재즈 뮤지션으로는 그야말로 신출내기였다. 지금과는 다르게 비쩍 말랐고, 그래서인지 어딘지 모르게 뭔가 갈구하는 듯 눈빛이 살아 있었다. 사야마 군이 우리 가게에서 실제로 연주한 것은 그리 많지 않을 텐데, 신기하게도 그는 또렷이 기억에 남아 있다. 사야마 군은 '나 재즈 좀 하잖아'라는 식의 와일드한 분위기의 다른 젊은 뮤지션들과 달랐기 때문인지도 모른다. 학구적이라고 할까. 아무튼 자나 깨나 온통 피아노 생각뿐인 듯한 분위기가 감돌았다. (⋯) 음악이든 글이든 뭔가를 꾸준히 창조해나가야 하는 고단함은 기본적으로 크게 다르지 않을 것이다. 적극적이고 긍정적인 자세를 유지하지 못하면 만들어진 작품에서 힘이나 깊이가 사라져버린다. 어쨌든 사야마 군이 언제까지나 다부지고 엄격하면서도 한결같은 '피아노 오타쿠'로 남아주기를 바란다. 그런 자세가 무엇보다 가장 소중하다고 나는 믿는다.

작지만 확실한 행복. 내가 가장 이상적으로 생각하는 에세이의 제목이다. 이와 달리 무라카미 하루키이기에 가능해 보이는 《잡문집》이란 제목은 참으로 성의 없다. 그렇지만 옹기종기 모아놓은 책 속 글들이 하나같이 '작지만 확실한 행복'을 주기에 미워할 수도 없다.

3월의 첫 번째 월요일의 책으로 선정된 이 책에서 우선 '여유가 있을 때는 목욕할 때 미지근한 물로 북북 문질러' 셔츠를 빼는 일반인 하루키를 만날 수 있다. 셔츠 한 장을 십 년 가까이 빨고 말리고 다림질을 하는 깐깐한 작가의 일상이 살아있다. 또 술도 잘 못 마시는 (그러면서 '취중가능서'같은 챕터도 쓰고 그러는 뻔뻔한) 내가 읽어도 문득 시원한 맥주 생각이 간절해지는 안주 이야기가 많이 등장한다. 무척이나 '하루키스러운' 단편 〈토니 타키타니〉 속 1달러 티셔츠에 관한 뒷이야기도 있다. 등장인물의 꾸준함이나 한결같음이 때론 답답해 보일 때도 있지만, 하루키가 만들어내는 저 단단한 성실예찬론은 읽을 때마다 자극을 받는다. 나도 덩달아 성실해지고 싶어지는 것이다.

> 음악이든 소설이든 가장 기초에 자리 잡고 있는
> 것은 리듬이다. 자연스럽고 기분 좋으면서도 확
> 실한 리듬이 없다면, 사람들은 그 글을 계속 읽지
> 않겠지. 나는 리듬의 소중함을 음악에서 (주로 재
> 즈에서) 배웠다.

그의 글엔 확실히 자연스럽고 기분 좋은 리듬이 있다. 한 꼭
지만 읽어도 '하루키의 에세이구나'를 알 수 있을 정도의 리
듬. 이 익숙한 리듬에 몸을 맡기고 책장을 넘기다보면 어느 새
'아, 나도 이런 일들을 이런 문장들로 저장해두고 싶다'는 창작
욕이 불쑥 자라난다. "독자의 마음을 진정으로 끌어당기는 것
은 뛰어난 문장도 아니요, 재미있는 줄거리도 아니요, 자연스
레 배어나오는 분위기"라는 것도 배운다. 미국 횡단 여행 중
옹색한 호텔 책상에 앉아 글을 쓰는 하루키를 상상하다 보면
'내가 지금 여기에 앉아 이런 글을 쓰고 있었다'라고 회상하는
것만으로 글의 분위기가 완성될 수 있도록 한곳에 머물면서
쓰지 않겠다는 다짐도 하게 된다.

모두가 창작할 수 있는 시대. 그만큼 자신만의 리듬(스타일)을

구축하지 못한다면, 책과 작품, 사람 모두 영원히 혼자만의 방에 갇히게 되는 운명을 피할 수 없다. 이 책과 오늘 읽은 전 개그콘서트 서수민 PD의 인터뷰는 '매일 창작하고 싶은 나'에게 세상에서 가장 다정한 도끼를 날려준다.

> "어른이나 남들이 보라고 하는 건 보는 게 맞아요. 세익스피어 이야기를 했지만 모두 다 세익스피어를 위대하다고 하니 공허하게 들리기도 하죠. 하지만 고전이나 명작에는 이유가 있어요. 베스트셀러도 자신에게 큰 계기가 될 수 있으니 버리지 말았으면 좋겠어요. 하늘 아래 새로운 건 없어요. 뭘 하려고 하면 다 했던 거라고 하잖아요. 하지만 지금 내가 하면 다를 수 있다는 것에서 출발해야 또 다른 새로움이 나올 수 있는 거예요."

날마다 진지하게 허구를 만들어내는 모든 사람들의 하루를 응원한다. 하늘 아래 대단한 것투성이지만 그래도 한결같이 매일 '작지만 확실한 문장들'을 채워나가는 나의 '블로그 오타쿠'도 언젠가 또 다른 새로움으로 기억되길 바라본다. 나에게도

바람, 하늘, 아끼는 셔츠 하나만 하루 종일 생각할 수 있는 시
간이 주어질 것이란 믿음과 함께! 조용하지만 무척 폭력적인
침묵이 감도는 사무실에서 어디까지나 잡다한 심경에서 적어
내려간 글이었다.

교양을
추구하는
가난한
당신에게

《지적 생활의 즐거움》
P.G. 해머튼, 리수, 2015

인간은 누구나 한계를 안고 있습니다. 부자는 호
화로운 진수성찬이 차려진 연회석에 앉아 있지
만, 그가 먹고 마셔서 소화할 수 있는 양에는 한
계가 있습니다. 그들 앞에 펼쳐진 호화로운 지식
의 만찬도 다를 바 없습니다. 습득할 수 있는 능
력에 한계가 있습니다. 모든 지식을 섭렵하지 못
합니다. 이를 알게 되어 실망한 나머지 아무것도
익히지 않고 포기해버리는 부자도 많습니다. (…)
그런데 가난한 학생이라면 다르지요. 그에겐 한
명, 한 명의 작가가 쓴 책이 너무나 귀중합니다.
정독하게 되고 급기야는 문장 전체를 외워버립니
다. 오롯이 자기 것으로 만들어버리는 특권을 누
리게 됩니다.

교과서처럼 쉽고 지루한 문장으로 이루어진 이 책이 이상하게
도 어떤 책보다 인상이 깊어서 계속 들여다보게 된다. 이 노학
자는 내가 알고 있다고 생각하는 '지적 생활의 즐거움'에 대해
여러 가지 예를 들어 설명한다. 위에 발췌한 부자와 빈자의 비
교만 해도 그렇다. 머리로는 알고 있지만, 글로는 잘 설명하지

못했던 지적 특권에 대해 적확하게 그러나 부드럽게 풀어놓고 있다. 독서의 무기력을 무력화시킨다.

한번은 배우 고현정이 예능프로그램 무릎팍도사에 나와 전 남편인 정용진 부회장과 그 가족들에 대해 짧게 언급한 적이 있다. '그분들은 아무래도 많이 배우신 분들이라서… 영어로 저를 왕따시켰다는 건 너무 유치한 발언이고….' 이 비슷한 이야기를 했던 것 같다. 아무래도 가난한 사람들이 받을 수 있는 교육에는 한계가 있고 부유한 가정에서 태어난 '금수저golden spoon'들은 부모의 후원을 받아 값비싼 고등 교육의 혜택을 누릴 수밖에 없다는 것에 힘을 보태주는 좋은 예이다. 학벌, 지연地緣이 아직도 우리 사회를 지탱하는 핵심 스펙이다 보니, 지식에 대한 노출빈도가 많은 순서대로 높은 자리를 차지하고 있다.

아이러니하게도, 돈이라는 것은 사람들을 자유롭게도 하지만 돈만 쫓다보면 지적 생활조차 기술적으로 접근하고 순수한 기쁨보다는 당장의 실리적인 이익만을 추구하게 된다. 명문학교를 나왔다고 해서, 재벌 2, 3세라고 해서 인성이나 지성이 모두 뛰어난 건 아니란 것쯤은 우리도 알고 있지 않는가. 다시 한번 쉽게 설명해주는 저자의 말을 빌리자면 "유복한 사람은 지적 능력이 있더라도 마음이 동하게 되는 대상이 너무 많게 돼 모처럼 축적한 능력이 분산됨으로써 별로 도움 되지 않는 경우"가 많다. 돈이 넘쳐나 민음사, 문학동네, 열린책들, 을유문화사, 창비 출판사의 세계문학전집을 모두 소장하고, 희귀한 초판본까지 있는 부자라도 읽지 않고서는 소용이 없고 읽고 감동을 받지 못한다면 시간낭비이다. 훌륭한 인테리어 소품은 될 수 있겠지만.

> 당신이 위대한 문학가가 일생을 바쳐 완성시킨 고전을 탐독하며 난해한 문장에 절망하고, 또 듣고 싶었던 감격스런 한 구절에 당신이 은혜를 받은 듯 기뻐하는 것은 대부호 로스차일드가 자신의 금고에 황금을 채워 넣으며 느끼는 감정과 조금도 나를 게 없습니다. 아니, 당신이 로스차일드보다 더 훌륭한 시간을 보내고 있는 것입니다.

이건 뻔한 충고가 아니다. "지적인 광명은 햇볕과 같아서 실은 우리 모두에게 공평히 주어지고 있다"는 것만 알더라도 우리는 조금 더 지속가능한 지적 생활을 누릴 수 있다. 자신이 가진 재산 여부와 상관없이 지식애를 누릴 수 있다. 스마트폰으로 포털사이트 세대별 인기 기사만 아무 생각 없이 소비하지 말고, 하루에 한 꼭지씩만 공들여 이와 같은 책을 읽는다면 아침이 든든해지는 기분이 들 것이다. 기본에 충실한 통밀 시리얼 같은 책이다. 화려한 문장 없이도 나를 유혹했으니 말이다.

같은 장소
같은 시간
같은 일을
사랑한다

《작가의 창》
마테오 페리콜리, 마음산책, 2016

"되풀이를 사랑한다. 같은 장소에서 같은 시간에 같은 일을 하는 걸 사랑한다. 되풀이하다 보면 뭔가 얻기 때문이다. 되풀이가 쌓이면 그 똑같은 나날 위를 미끄러져 나아가기 시작한다. 그때 글쓰기가 시작된다." _칼 오브 크누스가르드

매일 같은 듯 미묘하게 다른 창밖 풍경은 나의 최고의 글쓰기 친구이다. 매일 같은 차고, 잔디밭, 소나무, 다람쥐, 새, 스쿨버스, 건너편 아파트 창문, 1층 할머니의 오래된 포드자동차를 본다. 앞에 높은 건물이 없어서 일출과 일몰의 속도도 마음만 먹으면 언제든 관찰할 수 있다. 깊은 새벽에는 생전 처음 너구리를 본 적도 있다. 해가 지고 실외등이 켜지면 낮의 풍경이 연극무대처럼 변한다. 소리와 빛이 사라지면 나는 다시 내 노트북으로 시선을 옮긴다. "단조롭지만 불가피한 인생"이 이렇게 조용히 흘러간다.

이 책은 가벼운 스케치와 짧은 글만으로 전 세계에 흩어져 살고 있는 '작가의 창밖 풍경'을 정성스럽게 담아놓았다. 그림만 봐도 좋고, 글만 읽어도 더 좋다. 들어본 적도 없는 작가라도,

가본 적 없는 도시 이야기라도 상관없다. (가장 친숙한 무라카미류의 글은 심지어 가장 짧다) 그저 책상 옆에 두기만 해도 외롭지 않다. 책 자체도 예뻐서 인테리어 효과도 주는 고마운 책이다.

매일 반복되는 일상에 생기를 주는 것들은 의외로 많다. 그저 반복되어서 우리가 알아채지 못할 뿐. 칼 오브 크누스가르드의 말을 빌리자면, "마치 가청 범위의 고주파와 같은 원리인 것이다." 계절의 변화가 코끝까지 왔는데 눈치채지 못했다면 당신은 반복되는 일상에 조금 지쳐 있는지도 모른다. 창 너머 풍경을 볼 시간조차 없는 것이다.

창문의 블라인드나 커튼을 열어젖히고 창밖을 보자. 담배를 피고 있는 회사원들의 넥타이도 매일 바뀌고, 정차되어 있는 차의 색깔과 차종도 생각보다 다양하다. 어쩌면 창밖 세계에서 한숨이 절로 나오는 업무메일에도 웃으며 답장을 쓰게 만드는 유연함을 찾게 될지도 모른다.

"글을 잘 못 쓸 때는 그냥 앉아서 경치를 흡수하고 있건다. 당장에는 낭비와 같은 시간이 어떻게 보면 글쓰기에 필수이므로 유용하다고 생각한다.

다른 방에서, 다른 창문을 내다보며 글을 쓴다면

내 책은 아주 달라질 것이다."

_알레한드로 삼브라

한
번에
한
단어씩!

《소설가로 산다는 것》
윤성희, 김애란, 김훈 외 다수, 문학사상, 2011

글이 잘 풀리지 않는 밤이면, 나는 노트북을 덮고 눈을 감은 채 이런 말을 중얼거린다. "잊지 말자, 한 번에 한 단어씩!" 그러면 초조했던 마음이 조금이 느긋해진다. 이 말을 내게 알려준 사람은 스티븐 킹이다. 토크쇼 진행자가 스티븐 킹에게 어떻게 글을 쓰냐고 물었을 때 그는 이렇게 대답했다. "한 번에 한 단어씩 쓰죠." 진행자는 그 대답에 당황했을지 모르지만, 스티븐 킹은 그 말을 농담으로 한 게 아니었다. 그는 "한 페이지짜리 소품이든 《반지의 제왕》 삼부작 같은 대작이든 간에, 모든 작품은 한 번에 한 단어씩 써서 완성된다."는 소박한 원칙을 말하고 싶었던 것이다.

아니, 왜 또 스티븐 킹인 건가. 노트북 자판을 두드리는 일이 힘들 때마다 읽는 책에서도 그의 말을 귀신같이 찾아냈다. 문학이라는 단어만 들어도 가슴이 뛰던 시절이 나이보다 빨리 지나가버렸다. 등단작 하나 없는데도 말이다. 절망적이다. 그 어느 때보다 소설을 많이 읽고 사는데도(원서까지 포함하면 나는 정말 많은 소설을 읽어대고 있다) 소설과 가장 멀어진 기분이 든다.

아마도 내 글을 많이 쓰고 있지 않아서 인 것 같다. 많이 읽을수록 더 쓰는 일이 힘들다.

어제도 늦게까지 소설을 읽다 잠들었다. 그리고 새벽에 온 카톡 진동소리에 잠에서 덜컥 깼다. 한국과 이곳의 시차는 13시간이라 낮과 밤이 완전 반대인데도 사람들은 가끔 그 사실을 잊고 나에게 메시지를 보낸다. 한번 깬 잠은 다시 오지 않았고, 트위터 타임라인을 두 번이나 읽었지만 여전히 정신이 멀쩡했다. '무기력. 의지. 감수성. 포스트잇.' 이 네 단어가 머릿속을 가득 채우고 떠나질 않았다. 어쩌면 다른 단어였는지도 모른다. 적어두어야지. 머리로는 생각했지만 손으로 실천하지 않아서 날아가버렸다. 단어들이. 한국에서처럼 한글 프로그램을 쓸 일이 없다보니, 윈도우를 켜지 않을 때가 많다. 한참 잡글을 정신없이 쏟아낼 때 소설가 윤성희처럼 한컴 쪽지 기능을 많이 썼다. 그날그날 쓰고 싶은 글의 시작이 될 만한 단어들을 바탕화면에 남겨두었다. 지금 노트북에 남아 있는 쪽지는 두 개다.

"남자친구, 외계인, 별, 하루키, 소속감, 전화비, 영화표, 늦잠,

잉여, 지각, 문학, 과학, 논리, 비이성, 한자, 영어. 미인"
"식탁과 침대로의 단 한 번의 초대."

어떤 의미에서 남긴 단어와 구절일까. 두 번째 쪽지는 어떤 책의 부제일지도 모른다. 나는 가끔 책의 제목보다 부제에 집착해서 이주일이 넘게 고민한 적도 있다. 영화와 드라마만 보고, 영어문장만 외우다 보니 6개월이 새로운 쪽지 한 장 없이 훌쩍 흔적도 없이 사라졌다. 끝을 내지 않고 시작만 한 글들이 수두룩하다.

소설가는 "사소한 질문에서 소설이 시작될 때가 있다"고 말한다. 사소한 질문조차 던지지 않았으니 쓸 글이 없는 게 당연하다. 《소설가로 산다는 것》은 나 스스로 부끄러움을 느끼고 싶을 때마다 읽는 책이다. 영업 비밀을 알려준다고 모두가 거상이 되는 것은 아니니 소설가들의 자전적 이야기를 읽는다고 좋은 소설이 저절로 써지지는 않는다. 다만, 우리는 "작가이기 때문에 고백할" 수 있는 것들이 훨씬 더 많다는 공통점을 가졌다. 일상에선 절대 입에 담지도 못할 말들을 우리는 글 속에 거침없이 풀어놓는다. 하찮은 존재가 그래도 존재감이 있는 한 사람으로 인정받게 된다.

우선 "한 번에 한 단어씩" 쓰자. 두려움과 외로움은 평범한 일상마저 파괴시키지만, 작가에게 이 두 개의 감정은 좋은 소재가 된다. 좋은 글을 쓰지 못할 것 같은 두려움과 혼자 덩그러니 버려진 외로움이 나를 일기장 속에만 숨게 하지만 "잊지 말자! 써야 할 많은 이야기들이 허공에 떠다니고 있다는 것을."

이번 주말에는 생애 처음 암트랙Amtrak을 타고 510마일 떨어져 있는 뉴욕 주 친구 집에 간다. 나이아가라 폭포 근처라 폭포를 보고, 뉴욕 대신 토론토로 여행을 갈 예정이다. 두 나라에서 많은 단어들을 손톱으로 눌러볼 것이다. 미국이라는 거대한 거물에게 영혼을 도둑맞기 전에 어서 빨리 첫 문장을 적어두어야 한다. 하루에 한 단어씩 꼬박꼬박. One day at a time. 한 단어가 스타카토처럼 울리고 이 단어의 리듬이 훗날 새로운 글의 시작을 두울 것이리고 믿어 의심지 않는다.

쓸 수 있는
인생이라
정말
다행이다

《모든 요일의 기록》
김민철, 북라이프, 2015

유난히 사람 운이 좋은 나는, 유난히도 좋은 선배
들만 만났다. 어떻게 카피를 써야 하는지, 어떻게
사람들을 설득시켜야 하는지, 어떻게 말도 안 되
는 상황에서도 빛을 찾아내는지, 어떻게 그 빛 쪽
으로 사람들을 이끄는지, 어떻게 절망하지 않는
지, 어떻게 고집을 부리는지, 어떻게 욕심을 부리
는지, 어떻게 회사와 사생활을 분리해야 하는지,
후배에겐 어떻게 해야 하는지, 그 모든 것들을 회
사에서 배웠다. 선배들에게 배웠다.

읽으면 부러워지는 에세이들이 몇 권 있다. 특히 외국 에세이
보다 국내 에세이에 그런 책이 많다. 아마 비슷한 환경에서 살
고 있어서 질투의 감정을 더 강하게 느끼는지도 모른다. '인문
학으로 광고하는' 박웅현 CD 밑에서 10년이 넘게 카피라이터
로 일하고 있다는 이 책의 저자는 기억력이 안 좋은 만큼 많은
기록을 남기고, 더 많은 사진을 찍었다. 9년 차 직장인이 되었
을 땐 한 달 간의 휴가를 받아 프랑스로 떠났다. 부러운 선배
들을 가졌다. 4년째 도예를 배우고, 전 세계를 돌아다니며 온
갖 종류의 맥주 병뚜껑을 모은다. 그녀는 나처럼 "읽고서 쓰

고, 듣고서 쓰고, 보고서 쓰고, 경험하고서 쓴다." 그러니, 나도 지금처럼 그냥 쓰면 되는 것이다. 부러워할 것은 사실 별로 없다. 더군다나 난 지금 한국과 14시간의 시차(서머타임이 끝났다)가 있는, 한글이 전혀 없는 먼 타국에 있으니 글 쓸 거리는 넘쳐난다.

그런데도 이 책을 읽는 내내 샘이 났다. 나도 낡고 허름하지만 역사가 고스란히 담긴 벽들을 찍으러 떠나고 싶은데, 나도 배울 것이 많은 선배들 밑에서 밤새 무에서 유를 창조하는 작업을 하고 싶은데, 나도 라이브로 더 많은 음악을 듣고 싶은데, 우리 남편도 '집요함'으로는 세상 둘째가라면 서러울 에피소드를 많이 가지고 있는데…. 나는 왜 이런 책을 쓰지 않고 있을까.

자동차를 가장 잘 아는 사람이 자동차에 대한 가장 좋은 광고를 만들 수 있는 건 아니니까. 잘 알지 못하기 때문에 때론 단숨에 핵심에 도달하기도 하고, 잘 알지 못하기 때문에 그 장점을 부각시킬 수 있는 최선의 아이디어를 생각해내기도

하는 것이다. 최근엔 하나에 2만 원이나 하는 사
과를 사 먹는 사람들을 위한 카피를 써야만 했다.
다시 한 번 스스로에게 말해주었다. 내가 이해할
수 없어도, 내가 껴안을 순 없어도, 각자에겐 각
자의 삶이 있는 법이다.

사회 경험이 많아보이는 그녀도 내가 소설책을 읽는 것과 같
은 이유로 책을 읽는다. 소설에는 각기 다른 사람들이 있다.
인간 관계가 좁고 여행 경험도 부족한 내가 죽도록 자주, 아주
많이 소설을 읽는 이유는 사람을 이해하고 싶어서다. 희망이
라곤 눈곱만큼도 보이지 않는 이 세계가 아직 살 만하다는 걸,
사람을 통해서만 알 수 있다는 걸 믿고 싶어서다.

좁디 좁은 사무실에서 아무도 사지 않을 것 같이 보이지만 누
군가에게는 세상 전부가 될 수도 있는 책을 만들며, 편집자가
아니었다면 쳐다보지도 않았을 책의 효용도 깨닫고, 돈과 시
간을 아끼기 위해 편의점 도시락으로 점심을 때우면서 견딘
시간들이 고스란히 나만의 '모든 요일의 기록'에 담겨 있다. 지
옥철 안에서도 책만 있으면 천국을 꿈꿀 수 있다는 걸 약한 몸

으로 빡세게 배운 그 시간들이 없었다면 아무 약속 없는 하루
의 소중함을 몰랐을 것이다. 혼자 있는 지루함의 무게를 견디
지 못해 진작 한국으로 도망갔을 것이다.

결국, 이 책의 마지막에 가선 펑펑 울어버리고 말았다. 여전히
마주칠 때마다 불편한, "버릴 수도 없고 버려지지도 않는 어둠
이었던" 그가 생각이 나서. '글쓰기로 밥을 벌어먹고 살 수 있
다'는 벅찬 기쁨이 나를 가득 채우던 첫 월급날이 떠올라서.
이렇게 쓰는 것만으로 위로가 되는 직업을 가지게 되어서 나
는 이제 간신히, 아무도 부러워하지 않게 되었다. 행복해서인
지, 불행해서인지 알 수 없지만 책을 덮고 한참 울고만 있었
다. 소리 내어 울어본 지 너무 오래된 것 같아 더 크고 길게 울
었다.

"우리는 자신을 완성하기 위해 타인을 필요로 한다."

_아리스토파네스Aristophanes

《월요일의 문장들》과 함께한 음악들 10

- Ludovico Einaudi - Nuvole bianche

- Coldplay - Everglow

- Glenn Gould - Bach: Goldberg Variations, BWV 988

  (The 1955 & 1981 Recordings)

- Sergei Rachmaninoff - The Tale of Tsar Saltan: The Flight of the Bumble-Bee

- Ramin Djawadi - Light of the Seven (Music from 'Game of Thrones' Season 6)

- Jeff Beal - House of Cards Main Title Theme

- The Weeknd - Earned It

- Travis - Writing to Reach You

- Family of the Year - Hero

- Years & Years - Meteorite

월요일의 문장들

1판 1쇄 발행 2017년 2월 20일
1판 4쇄 발행 2018년 4월 30일

지은이 조안나
펴낸이 임현석

주소 경기도 고양시 일산서구 킨텍스로 410
전화 070-8229-3755
팩스 0303-3130-3753

펴낸곳 지금이책
등록 제2015-000174호
이메일 now_book.naver.com
홈페이지 nowbook.modoo.at

ISBN 979-11-959937-0-3 03800

※ 이 책의 내용을 무단 복제하는 것은 저작권법에 의해 금지되어 있습니다.
※ 파본이나 잘못된 책은 구입하신 곳에서 교환하여 드립니다.

이 도서의 국립중앙도서관 출판시도서목록(CIP)은 서지정보유통지원시스템 홈페이지(http://seoji.nl.go.kr)와
국가자료공동목록시스템(http://www.nl.go.kr/kolisnet)에서 이용하실 수 있습니다.
(CIP제어번호: CIP2017002358)